Nankichi's Fairy Tales

Nankichi's Fairy Tales

新美南吉童话集

〔日〕新美南吉　著

王薇　译

百花洲文艺出版社

新美南吉童话集

contents
◆ 目录 ◆

chapter 01

✦ 小狐狸买手套 ✦

狐狸一家住在南方的森林里，严寒自北边席卷而来。

一天早晨，小狐狸到山洞外面玩，它一到山洞口，就"啊"地一声大叫，然后捂住自己的眼睛跑去找狐狸妈妈，说："妈妈，好像有什么东西刺进我的眼睛里了，你快把它拿出来！快啊！快啊！"

狐狸妈妈大吃一惊，它提心吊胆地将小狐狸的双手从脸上拿下来，看了看它的双眼，发现它的眼睛好得不能再好，里面也没有什么异物。当狐狸妈妈从洞穴里走出来时，它一下子就明白了。原来昨天大雪下了一夜，白茫茫的雪在明亮的太阳下格外刺眼。小狐狸从没看过雪，所以一下子被反光晃到眼睛，双眼火辣辣的，它就以为自己的眼睛被什么东西刺到了！

知道自己没事，小狐狸就又跑到外面玩耍了。它在松软如棉的积雪上狂奔，带起来的漫天飞雪，在太阳下形成了一条小小的彩虹。

忽然，一串恐怖的声音从它身后响起！

"哗啦啦，哗啦啦！"

白茫茫的雪花像面粉一样，伴随着响动从空中飘洒而下，砸向小狐狸。小狐狸大惊失色，急忙在雪地里打了个滚，一溜烟跑到十几米开外。它在心中暗自嘀咕：这是怎么回事啊？它向后望去，却没有发现任何异样，只看到白色的雪花像一条条白丝线般，不断地从树枝上坠落下来。

又玩了一段时间，小狐狸回到山洞里，向妈妈撒娇说："妈妈，你看我的手都被冻僵了，这也太冷了。"

它向妈妈伸出一双又湿又冷的小手。狐狸妈妈一边把小狐狸冻僵的手握在自己温热的手里，一边对着小狐狸的手呵热气，说道："很快就好啦。妈妈帮你暖暖，一会儿就热起来了！"

但是狐狸妈妈在心中却默默地想道：天气冷成这样，可不能让我亲爱的宝贝的双手被冻伤，长出冻疮来！晚上我就到镇上去，为我亲爱的孩子买一副毛线手套！

天已经黑了，田野和森林都被大黑布一样的黑夜盖住了，可是那雪实在是太白太亮了，不管怎么盖，周围还是明晃晃的。

小狐狸和它的妈妈从洞穴中走了出去。小狐狸缩在妈妈身体下面，一路上都好奇地睁大着眼睛，四处张望。

没过多久，前面出现了一丝光亮。这时，小狐狸问："妈妈，天上的星星怎么掉到那么低的地方了？"

"这是镇上的灯光，"狐狸妈妈停下来和它说，"可不是什么星星！"

一看见城里的灯火，狐狸妈妈就记起了一件它跟它的伙伴在镇上碰到的麻烦事。狐狸妈妈那会儿多次劝它朋友，让它别去偷东西，可朋友就是不听，偏要去偷别人家的小鸭子，最后被鸭子的主人发现了，它只能狼狈逃跑，差点命都没了。

"妈妈，你还愣着干吗？我们赶紧走吧！"

但是无论小狐狸怎么说，妈妈也不敢动弹分毫，更别说前进一步了。这可如何是好？它一时间也想不到什么好方法，最后决定让小狐狸自己到镇上跑一趟。

"宝贝，把一只手伸出来。"狐狸妈妈握住了小狐狸的手，很快，它的手就变成了一只人类孩子一样的小手。小狐狸伸出那只人类的小手，揉了揉，又嗅了嗅。

"妈妈，这是怎么回事啊？感觉好奇怪呀！"

小狐狸一边借着雪上的反射光看着自己那只变成了人类小手的手，一边说道。

"这是人类的手，好孩子。听我说，在镇上，你可以看见许多房屋。你首先要去找一间挂着黑色大礼帽招牌的屋子，当你看到那间屋子时，就去用力地敲门，说一声'晚上好'。然后里面的人就会把门打开一道小缝，你就从缝隙中伸出这只手，噢，就是这只人类的手，对他说：'求你帮我找一副适合我的手套。'绝对不能伸另一只手！"狐狸妈妈耐心地叮嘱它。

"这是为什么呀？"小狐狸疑惑地说道。

"因为一旦被人发现你是一只狐狸，你不但买不到手套，还会被他们抓到笼子里关起来！人类是一种可怕的生物！"

"嗯！"

"切记，不要伸另一只手，要用这只人类的手。"说完，狐狸妈妈从怀中掏出两枚白色铜钱，递到了小狐狸那只人类的手里。

小狐狸在白雪中，深一脚浅一脚地往灯火通明的小镇走去。一开始它的眼前只出现了一个光点，然后是两个，三个，最后变成十多个。小狐狸望着一点点的灯光，心里不由地想：那些灯真像满天的繁星啊，有红色的，有黄色的，也有蓝色的！不一会儿，它就走到了小镇里。

主干道上，几乎所有的人家都关门了，只有暖洋洋的灯光从高高的窗口中照射出来，洒在路面的白雪上。

但大部分商铺门口的招牌上，都有小电灯在闪闪发亮。招牌上有自行车、眼镜等各种各样的标志。有些招牌新刷了油漆，有些却和老墙差不多，上面的油漆都剥落了下来。小狐狸四处张望着，想找到那个帽子标志。这是它第一次来小镇上，所以它对这里的一切都一无所知。

最后，它发现了那家帽子店。被蓝色的灯光照耀着的黑色大礼帽的招牌正悬在店门口。

小狐狸乖乖按照妈妈说的敲响了房门，然后说："晚上好。"

一阵急促的脚步声从屋内传来，紧接着，房门咔嚓一声打开了一道缝。一束亮光从门缝中透了出来，拉出一条长长的亮线，照亮了满是积雪的大街。

小狐狸没反应过来，它被灯光晃得惊慌失措，竟然将妈妈千叮万嘱不要伸出去的手——那只狐狸的手从门缝里面探了进去，说："请你帮我找一双合适的手套吧！"

铺子里的人也是一愣。他觉得那是一只狐狸的手，既然是狐狸要买手套，那它应该用叶子来买才对，所以他说："请您先交钱！"

小狐狸乖乖地将手中捏着的两枚铜钱递给了他。那人把钱拿在手里，伸出手指，在上面轻轻一弹，然后又将它们碰到一起。铜钱发出了清脆的声音。他见那不是叶子，而是铜钱，就从柜子里拿出一双儿童用的毛线手套，递给了它。小狐狸对他说了一句"谢谢"就走出了铺子。它在回家的路上想：妈妈说过，人类很可怕，但今天的经历好像并没有给它这种感觉呢。

在经过一扇窗口时，它突然听见了里面传来的声音：

睡觉吧，睡觉吧，

在母亲的怀抱中，

睡觉吧，睡觉吧，

靠在母亲的手臂上。

天呐，这个声音多么亲切，多么悦耳，多么令人心旷神怡啊！

小狐狸心想：一定是哪个孩子的母亲在歌唱。每次小狐狸累了要睡的时候，狐狸妈妈都会用她那温柔的嗓子唱歌哄它入睡。

这时，一个孩子的声音响了起来："妈妈，夜里好冷啊。生活在树林中的小狐狸是不是也在叫好冷好冷呢？"

孩子的母亲说道:"树林中的小狐狸,它也在听母亲唱歌呢,很快就会进入梦乡了。宝贝儿,赶紧睡觉吧,让我们来看看你和小狐狸谁先睡着,好吗?我的好孩子总是最快入睡的。"

小狐狸一听,对妈妈的思念突然就涌上了心头!它一路蹦蹦跳跳地,向和妈妈约好的地点奔去了。

狐狸妈妈很着急,也很害怕,它总是在想,自己的孩子很快就会回来了,很快就会回家的。妈妈看到小狐狸时,高兴地流下了眼泪。狐狸妈妈一把将小狐狸抱在了怀中。

狐狸一家又回到了树林里。明月高悬,月光洒在它们身上,将它们的毛发镀上一层淡淡的银光。它们在后面的雪地上留下了一排天蓝色的足迹。

"妈妈,我觉得人类一点都不可怕!"

"为什么这么说?"

"我在买手套的时候,不小心伸错了手,但是那个店主并没有来抓我,而是给了我一双很漂亮很温暖的手套。"小狐狸得意地拍了拍戴着手套的双手,向狐狸妈妈展示手套。

"哎呦!"狐狸妈妈大惊失色,接着不断地喃喃自语,"人类真有这么好吗?人类真有这么好吗?"

chapter 02

◆ 狐狸阿权 ◆

一

我小的时候在村子里，听茂平爷爷给我讲过这么一则传说。

传说在很早之前，在距离我们村庄不远的中山上有一座小城堡，那里住着一个姓中山的老爷。

有一只叫阿权的狐狸就住在距中山不远的山上。阿权一直是孑然一身。它住的洞穴就简单地坐落在一片羊齿草丛中。无论是晚上，还是白天，它都会跑去附近的村子捣蛋闹事，时而挖起人家的山芋，时而点燃干枯的秸秆，时而摘下农民家门口挂着的辣椒。

有一年秋天，一连三天都在下雨。阿权不能出门，只能窝在自己的洞中。

天气刚刚转好，阿权就如释重负般飞快地从洞里跑了出去。下过大雨后，天空湛蓝，百灵鸟的鸣叫声此起彼伏。

阿权一路撒欢地跑，来到了村子边上的一条小溪旁。溪水边的狗尾巴草上点缀着的点点水滴，在太阳下闪烁着光芒。这条河流平日里水很浅，可是连续三日下雨，河水涨了起来，奔腾不息。河岸边长着的狗尾巴草和艾蒿，在平日里是不会被水淹没的，但此刻，它们都被浑浊的河水冲得东倒西歪。阿权顺着一条泥泞的小径，走向河的下游。

忽然，阿权看见有个人站在河边，不知在做什么。阿权害怕被那个人发现，便偷偷地躲进了灌木丛中，一动不动地藏在那儿，偷看着那个人。

哦，兵十！阿权一眼就认出他来了。兵十穿着一身破烂的黑袍，把衣角向上卷起，立在半人高的水中，手里拿着一只兜状渔网，在水里捞东西。他用一块布巾包住脑袋，脸上贴了一片圆乎乎的艾蒿叶子，就像是长了个大大的黑痣。

片刻之后，兵十将渔网提出水面，里面装满了草根、树叶、腐朽的木头之类的垃圾；但是在这些垃圾之中，还有一些亮晶晶的东西。原来是肥嘟嘟的鳗鱼的肚皮和鲫鱼的白肚子正在反光呢！兵十一边把渔网里的东西一股脑往篓里装，一边系好渔网的底部，然后又放入了水中。

兵十拎着他的鱼篓，从河水中爬了出来。刚把鱼篓放到河边，他似乎突然想起了什么，飞快地往小河上游冲去。

等兵十离开了一段距离，阿权才从灌木丛里爬出来，朝鱼篓窜过去。它想捉弄一下兵十。然后它从篓里捞起鱼，对准河边没有渔网的地方，用力一甩。鱼儿溅起一片水花，然后甩动着尾巴，重新钻进了浑浊的河水里。

丢到最后，鱼篓里只有一条又肥又大的鳗鱼了。阿权伸出爪子想把鳗鱼捞起来，却发现它很滑，自己的爪子根本拿不稳。阿权心急如焚，头往鱼篓里一探，就将鳗鱼的头给叼住了。鳗鱼瞬间在阿权的脖颈上缠了一圈。就在此时，阿权忽然听到了兵十愤怒的声音，他大叫道："你给我滚开！狡猾的狐狸！"

阿权慌张地跳了起来，它想要摆脱这条鳗鱼，可是鳗鱼死死地缠住它的脖子，它一时半会儿怎么也挣脱不开。阿权只能从鱼篓边跳开，然后一路狂奔。直到来到离自己居住的洞穴不远处的一棵赤杨树下，它才敢回头看。兵十没有跟过来。

阿权如释重负，一口将鳗鱼的头给咬下来，才终于摆脱了束缚。然后阿权将鳗鱼扔到了一旁的草丛中。

二

阿权十余天后路过弥助家时，发现他的老婆正坐在一棵无花果树下将牙齿涂黑。阿权又路过了铁匠新兵卫家的后门，看到了新兵卫的妻子正在梳头发。

阿权心道：难道是村子里出事了？这是怎么回事？难道是秋祭？不对呀，我都没有听到打鼓吹笛的声音！鲤鱼旗明明还悬在神社上空呢！

阿权边走边思索，很快，它就走到了兵十家大门口，那里有一口红井。它看到兵十家的大门前挤满了人。女人们身着传统的和服，揣着擦手的布，正围着一口不知道煮着什么东西的大锅，为它添柴。

"哦，我知道了，是丧事呀！"阿权心中暗道，"难道是兵十家里出了什么事？"

一过了中午，阿权就急匆匆地来到了村子里的墓地，躲在了神像的身后。这是个晴朗的日子，古堡屋顶上的瓦片在太阳下闪烁着微光。一朵朵曼珠沙华在墓地里绽放，仿佛一条红色的地毯，铺满了整片土地。就在这个时候，村里响起了代表出殡的钟鸣声。

没多久，阿权就看到了一支身着白衣的葬礼队伍慢慢走来。没多久，可以听见他们说话的声音了。一行人进入墓园，他们走过的地方，一片片的曼殊沙华都被踩烂了。

阿权探头探脑地看去，只见一袭白衣的兵十正举着一块牌位。他的脸向来是红彤彤、笑盈盈的，但现在却莫名显得有些萎靡。

"哦，原来是兵十的妈妈去世了！"阿权一边想着，一边缩回了自己的脑袋。

那天晚上，阿权在山洞里琢磨：肯定是兵十的妈妈生病时，说想吃鳗鱼，兵十就提着大渔网去捉。结果鳗鱼全被我放跑了，他的妈妈一条也没有吃到。他的妈妈在离世前一定都还在喃喃地说："我要吃鳗鱼！我要吃鳗鱼！"哎呀，我怎么能拿这个开玩笑呢，我做得真的是太过分了。

三

　　兵十这天正在红井边上碾小麦。

　　兵十从小就和妈妈两个人生活在一起，妈妈去世之后，他就孤身一人了。

"现在兵十也像我一样孤单了。"藏在仓库后的阿权看着兵十，在心里对自己说道。阿权正要朝兵十的方向跑过去时，忽然听到有人在吆喝："卖鱼啦！好吃不贵的沙丁鱼！"

阿权向声音传来的地方跑去。正在此时，弥助的夫人在房门口大声喊道："给我来些沙丁鱼！"

卖鱼的人将装满沙丁鱼的篓子放在路边，手里抓着一些沙丁鱼，向弥助家里走去。阿权趁着这个机会，从篓子里拿出几条沙丁鱼，急匆匆地往来时的路跑去。它将所有的沙丁鱼都丢进了兵十的家里，然后才回到自己的洞穴。走到一半，阿权回头看，发现兵十还站在红井边碾着小麦。

阿权觉得，这是自己对兵十的第一个补偿。

第二日，阿权从山里摘了许多板栗，送到了兵十家里。它从后门向里面看去，发现兵十正端着碗坐在那里吃饭，两眼放空，正在走神。说来也怪，兵十脸上多了一道伤口。阿权正纳闷，就听到兵十嘟囔着说："究竟是什么人往我家里丢沙丁鱼？我平白无故被卖鱼的人当成了小偷，给狠狠打了一顿。"

阿权闻言，心想：坏了。兵十脸上的伤一定是被卖鱼的人打的吧？它一边想着，一边蹑手蹑脚地走到仓库边，将板栗放在门外就赶紧离开了。

接下来的日子，阿权天天上山摘板栗，送到兵十的家中。板栗送多了之后，它偶尔还会给他捎上几只松茸。

四

今夜月色格外皎洁，阿权出门散步。它走过中山城堡的大门，没走多长时间，就看到有人正沿着小径向自己这边走来。月色下，有几只小虫子在嗡嗡作响。渐渐地，有人声传了过来。

阿权连忙钻到路边去藏了起来。说话的声音由远及近，走来的人正是兵十和弥助。

"对了，弥助，我有件事要说！"兵十说道。

"你说。"

"我近来撞上怪事了。"

"什么怪事？"

"我妈妈去世后，也不知道是谁，天天往我家里送板栗和松茸。"

"什么？会是什么人呢？"

"不清楚！那人每次都会在我走神的时候将东西送来，把东西放好后就离开了。"

阿权不动声色地跟着他们。

弥助诧异道："真的假的？"

"千真万确。如果你不信，明天可以到我家里来看看那些板栗！"

"咦，确实是件怪事啊！"

然后，两人就这么沉默着离开了。

在行走的过程中，弥助不经意地扭头望了一眼。阿权一个激灵，连忙蜷缩起来。弥助没有看到它，加快脚步就往前走了。两人进了一户农家，那户主人叫吉兵卫。房间里的烛火在纸窗上投下了一个光头僧人的影子，屋里还有木鱼梆梆的声音传出来。

哦，他们在念经啊！阿权一边想着，一边在井台旁蹲下。不多时，又有三个人走了进去。

里面诵经声不断。

五

阿权一直在井边蹲着。他们念完了经文后，兵十带着弥助回到了自己的住处。阿权也很好奇两个人在说什么，所以它默默地跟着两个人，躲在兵十身后的影子里。

在古堡前，弥助道："我有一种感觉，这事一定是神灵做的。"

"啊？"兵十瞪大眼睛，一脸愕然。

"我一直在想，既然凡人很难做到这件事，那它一定就是神灵做的了。肯定是神灵看你太寂寞了，所以才会给你送这些东西。"

"是吗？"

"肯定没错的！你以后可要天天去拜一拜它们啊！"

"嗯！"

阿权心中暗道：这个人还真是会胡说八道！板栗和松茸明明都是我给的，你们不来拜我，反而要去拜什么神仙，我岂不是吃了大亏？

六

第二日，阿权再次暗中登门拜访，手里拿着板栗。当时兵十正在粮仓中编织草绳，所以阿权就从后门潜入了他家里。

而此时，兵十正好抬头。啊，有一只狐狸钻到我屋子里了！这不就是那个从我这里偷走了鳗鱼的狐狸吗？它居然又来找我麻烦了！

"来得好！"

兵十从地上爬起来，把挂在仓库墙上的枪拿下来，装满火药，踮着脚尖，一枪就将出来的阿权打倒在了地上。

兵十跑了过去，忽然看到屋子里有一大堆板栗。他惊讶地转头，望向阿权。

"原来就是你天天在给我带板栗？"

阿权垂下眼帘，微微颔首。

兵十手里的那把枪"啪"地一声掉到地上，一缕青烟还绕在枪口边。

chapter 03

◆ 狐狸 ◆

一

夜里，七个大小不一的孩子在一块散步。

月光从天上洒下，在地上投射出孩子们矮小的影子。

他们一个个看看自己的影子，心里都在嘀咕：为什么我的脑袋那么大，腿却那么短！

有些小孩看着这一幕，哈哈大笑。还有一些小孩嫌自己的影子太难看，笨拙地往前跑了一段路，然后又停下脚步端详着影子。

在这样的月光下，小家伙们的脑回路总是格外奇怪。各种奇妙的想法在他们的头脑中层出不穷。

他们是从一个小村子里来的，要到乡里去参加庙会，那地方离村子足有半里远。

　　小家伙们顺着挖好的山道往上走，耳边传来悦耳的笛声，那是温柔的晚风从远处带来的。大家都忍不住跑得更快了，把其中一个小孩落下了。

　　有一个小孩见自己的同伴落后，忍不住喊了一声："喂，文六，你也太慢了吧！"

　　即使在昏暗的光线下，也能看出文六肤色白皙，身体纤细。他睁大了双眼，正在拼命地追赶着自己的同伴。

　　"我也想快点啊，不过我穿的这双木屐是我母亲的，我快不了啊！"文六嘟着小嘴。怪不得他跑不快，他的小脚丫上套着一双成年人的木屐呢。

二

　　他们刚到乡里不久，就看见街边有一家卖木屐的铺子，于是走了进去。文六的母亲让义则帮忙给文六买一双新木屐。义则对着老板道："阿姨，他是清六家木桶店的小孩。能不能请您去给他取一双新木屐？之后他母亲会给您送钱来的。"

　　几个人将文六往前推，好让老板能更清楚地看到他。文六一脸茫然，愣在那里，眨巴着双眼。

　　看到文六一脸蒙的样子，老板娘忍不住哈哈大笑起来，然后从鞋架上取下了一双木屐。

不过，多大的木屐才合适呢？如果不试一试的话，很难判断出来。义则像模像样地把木屐放到文六的脚边，比了比大小。文六毕竟是个小孩，而且是那种喜欢被别人捧在手心里的小孩。

文六刚换好新的木屐，一个佝偻着身子的老太太就走了进来。老太太看着他们说道："哎呀，这是哪家的小孩子啊？大夜里穿着新木屐，狐狸会找上门来的！"

几个小孩都被这句话给镇住了，一个个惊讶地抬头望着老太太。

义则立刻反驳道："那才不是真的，哪有这样的事情？"

又有一个小孩嚷道："是的，那是一种迷信的说法！"

话虽这么说，但每个孩子的脸色都变得难看起来。

木屐店的老板娘微笑着说："那么，让我为你的这双木屐下个祝福咒吧！"

她拿手在新木屐上像划火柴一样比画了一会儿，然后对孩子们说："现在，我已经给鞋子下了咒语，这下就不会被小狐狸缠上了。"孩子们这才安心离开店铺。

三

几个小家伙正捧着软绵绵的棉花糖，全神贯注地看着舞台上的演出。尽管舞台上的人脸上抹了厚厚的白粉，手里还拿着扇子不断舞动着，可他们依旧能看出来，那正是多福澡堂的多根子。

"哟呵，这不是多福澡堂的多根子嘛，哈哈哈。"孩子们交头接耳。

等他们觉得扇子舞无聊了，就去放烟花。焰火在空中翻滚，不时会有飞溅的火星打在墙上。

许多昆虫被舞台上耀眼的灯光吸引而来，在灯光下翩翩起舞。孩子们凝神望去，只见一只巨大的红色蛾子停在舞台正前方的门廊房檐下。

当三番叟人偶在庙会花车上最逼仄的地方表演时，庙里的人好像也变得稀疏了，烟花声、吹气球声也变得稀稀拉拉。

所有小孩都聚集到了花车旁边，伸长了脖子去看人偶。人偶看起来既不是大人，也不是小孩。它有一双很有灵性的眼睛，在人偶师的操控下，它还会眨眼睛。小孩们虽然知道是怎么回事儿，但看到木偶眨巴眼睛，还是有点被吓到。木偶的嘴巴猛地一张，一条长长的舌头被吐了出来，但很快又被吸进了嘴巴里。这一切动作，都归功于身后操控着绳子的人偶师。这一点，孩子们也都知道。若是在大白天，他们说不定还会因为这一幕而放声大笑。但是现在，他们脸上却没有一丁点儿笑容。在昏暗的灯光下，那些栩栩如生，忽明忽暗的人偶，使他们感觉到莫名的恐惧。

这个时候，几个小孩都想到了文六那双新木屐，还有之前那个驼背老太太说过的，夜里穿着新木屐，小狐狸会找上门来……几个孩子也都反应过来，时间好像已经很晚了。他们都知道得赶紧回去了，毕竟他们回去的时候也要走半里路。

四

月光一如他们来时。

但是，月光下的归途却显得格外寂寥。几个小家伙一言不发，垂头丧气地赶路，似乎在思考着什么。周围一片寂静。

他们又一次走上了山间的小路，其中一个孩子走到另外一个男孩跟前，凑上去对着他说了几句悄悄话，然后这个男孩又凑到别人耳边说悄悄话。就这么你来我往，大家都说了个遍。但是这里面却不包括文六。

他们所说的无非就是：那个木屐店的老板娘其实只是做做样子，她根本就没有给文六的木屐下过咒。说完后，小家伙们又静静地继续赶路，一路上，大家都在琢磨着：要是小狐狸找上门来会发生什么事？难不成文六身上藏着一只小狐狸？还是说，虽然文六的外表没有什么改变，但他的灵魂却已经是一只狐狸了？说不定，文六早就被小狐狸给夺舍了。文六一直没有说话，所以我们也不知道他的灵魂有没有变成狐狸。

同样的月光，同样的田野，同样的小路，所有人都在思考着同样的问题。他们脚步越来越快。在经过一片种满了矮桃林的池塘时，有一个小孩发出了几声轻咳。

夜深人静，几个小家伙在路上也很沉默，所以所有人都听到了咳嗽声。大家七嘴八舌地互相询问："刚刚是你在咳嗽吗？"问了一圈后大家才知道，那个咳嗽的人，就是文六。

所以，刚刚那一声咳嗽，竟然是文六发出来的！这让其他小朋友不禁浮想联翩，难道这一声咳嗽有特殊的意义？他们想，这似乎并不

是什么咳嗽声，而是狐狸叫吧！

"咳咳。"文六又咳嗽了几声。

大家心想：文六一定已经变成了狐狸。啊，咱们当中有一只狐狸了呀。

越是这样，他们越是心惊胆战，脚步也就越发快了几分。

五

文六住的地方和大家有一段距离，他家独自坐落在一片湿地里，四周是一望无际的橘树林。以往他们一块回家的时候，都是先去水车那边转一转，顺便送文六回家。由于文六是家里的独苗，他被当成宝贝一样捧在手心里宠着。文六的母亲为了让大家多照顾文六，平时还会把橘子和糕点送给大家吃。今晚的庙会，也是孩子们到文六家来接他一块去的。

小家伙们好不容易走到了水车旁边。在水车旁边有一条小路，从那条小路下去，就是文六的家。

平时文六都是被大家送到家门口的，今天大家却仿佛都忘记了这回事，没有人提起要送他。他们倒不是把文六给忘了，只是担心文六已经被小狐狸上身了。文六在心里默默地说：即使你们不送我，好心的义则也会送我回去的。

但是他回头望去，却只看见了水车下孤独的影子。月光洒在他的前方，给他指明了方向，偶尔的几声蛙鸣，划破了寂静的夜色。

文六心想：这里本来就是他家，就算一个人回去，我也不怕。可是这次竟然没有人像往常一样送他，这让文六感觉很是孤单。别看文六大部分时候都一副傻乎乎的样子，可是他的内心却很清醒。他很明白大家今天为什么窃窃私语，无非是他今天穿了一双新木屐；他也很清楚，大家是被自己刚刚的咳嗽声吓到了。

可是，在去庙会的路上，所有人都对他那么体贴入微，只是因为他买的一双可能会招来狐狸的新木屐，所有人都不再管他了。这样前后对比之下，文六的心情格外低落。

文六想到了比自己高四个年级的义则。他对朋友们一直很热情，对文六也尤其关照。平日里，文六一受凉了，义则就会立刻把自己的大衣脱下来，给他穿上。可今晚文六都咳嗽了好几次，义则也没有给他盖上大衣。

文六到自家门前时，也开始担忧起来，万一他真被狐狸上身了，这可如何是好？爸爸妈妈还会不会喜欢他啊？

六

文六回家的时候，爸爸还没有从木桶店协会回来，妈妈就先陪着他睡觉了。

文六现在都上三年级了，但是他依旧想跟自己的妈妈一起睡觉。他是家里的独苗苗，妈妈格外疼他，自然就答应了。

"好啦，把你今天在庙会上的情况和我说说呗！"妈妈一边说一边摸着文六的脑袋。

文六习惯将一天中的所见所闻告诉母亲，比如在校园中、大街上的见闻，比如自己看过的某部电影，比如自己吃过的什么小吃等等，尽管文六并不擅长说话，说话也有些结巴，但是妈妈却依旧不厌其烦地听文六说这些话。

"那个跳扇子舞的女孩，结果是多福澡堂的多根子！"文六说道。

"哦？"妈妈微笑道，"那么，接下来是谁在舞台上演出？"

文六绞尽脑汁，把自己能想起来的一五一十都说了出来，可是到了最后，他实在是受不了了，干脆就不提庙会的事了，转而问："妈妈，我要是在夜里买了一双新木屐，会不会被小狐狸缠住？"

妈妈本以为文六要说别的事情，却没有料到他说了这个。她诧异地看了文六一眼，大概知道文六今天晚上出了什么事。

"是谁和你们这么说的？"

文六瞪大了双眼，又问了一遍："妈妈，您说这话说得对不对？"

"那都是瞎说的，哪有这样的，老人迷信才这么说的。"

"所以那不是真的？"

"当然不是了。"

"真的吗？"

"妈妈还能骗你不成？"

文六想了想，又抬起头问妈妈："如果不是假的，那会发生什么事？"

"什么不是假的？"妈妈和蔼地看着文六。

文六压低了声音："要是我真的变成一只小狐狸了，那该怎么办？"

妈妈看到文六的这副样子，嘴角勾起一抹微笑。

"你说，你说，你快说呀！"文六一脸羞涩地催促着妈妈，想要听到回答。

"要怎么办呢？"妈妈沉吟了片刻，道，"那你就不能再留在家里了，因为你已经变成了一只狐狸！"

文六听到母亲的话，面色一黯，眼泪都快掉下来了。

"那我也没有地方可去了啊！"

"我听人说，牙根山附近的狐狸不少，你要不要去那里？"

"那妈妈你和爸爸呢？"

妈妈故作正经地对文六道："我们会讨论一下，反正文六已经变成了一只小狐狸，这个世界对我们来说也已经没有任何意义了，我们就放弃人类的身份，陪着文六当狐狸吧。"

"那妈妈你和爸爸是不是也要变成狐狸？"

"对，妈妈明天晚上就和爸爸一起去一趟木屐店，买一双新木屐，到时候我们就可以像你一样了，然后就和文六小狐狸一起到牙根山去生活。"

文六睁大了水汪汪的大眼睛："西边是不是就是牙根山？"

"那座山在成岩西南方。"

"那座山是不是很适合藏身？"

"那里有一大片松树林。"

"那里有猎人吗？"

"猎人？就是那些带着枪的家伙？如果是在山林深处的话，说不定会有呢。"

"要是猎人开了枪，我们会怎么样呢，妈妈？"

"我们仨只要藏身在山洞深处，他们就找不到我们了。"

"但如果下雪的话，我们就没有吃的东西了。万一我们出去觅食，给猎狗逮到了，那可如何是好？"

"既然如此，那我们就逃吧。"

"妈妈你们都是大狐狸，肯定跑得很快。但我只是只慢吞吞的小狐狸，肯定会被他们捉到的。"

"妈妈会和爸爸一左一右抓住你的双手，带着你逃走的。"

"万一你们和我一起跑，被猎狗从背后追赶上来了，那该怎么办？"

妈妈顿了顿，郑重地对文六说："如果你说的是真的，那我就会慢下来，装作瘸腿的样子。"

"这是为什么呢?"

"那样的话,猎犬就会跳出来去抓我呀。到时候,猎人也会冲上来抓住妈妈,然后你和爸爸就可以平平安安地离开了,亲爱的。"

文六吓了一跳,瞪大眼睛看着自己的妈妈。

"不行!他们要是把妈妈带走,文六就失去妈妈了。"

"不过,我也没有别的办法了呀,我必须装作腿瘸了的样子。"

"我告诉你,我不想让你这么做!这样我就没有妈妈了。"

"但这也是唯一的办法呀,我得装作腿瘸了,慢慢跑……"

"我不想要这样,我不想要这样!"文六哭喊着,一头扎在妈妈的胸口,号啕大哭。

母亲也偷偷用衣袖抹了抹眼泪,将文六扔到一边的抱枕拿起来,放在了文六的脑袋下面。

chapter 04

◆ 流星 ◆

在一个寒风凛冽的冬夜，三颗星星并成一排站在天上，它们吵架了。

这几个家伙通常都很和睦的，可是今天晚上，中间的那颗星星不停地说："冷死我了，真冷呀！"这使其他两颗星星对它发出了无情的嘲笑。

"嘎——"的一声，在被冰封的原野上，忽然传来一声苍鹭的尖啸。就在此时，中间的星星忽然沉默了下来，然后一头扎向了原野。

"哎，你要去做什么？"

"你怎么一个人就走了，也不跟我们打个招呼？"

"难道它是冻坏了，所以去给自己买一副手套？"

"嗯，嗯，那它应该一会儿就回来了。"

另外两个家伙嘴上这样说着，但心中还是有些担忧，它们想：

"难道是之前的玩笑话让它生气了，所以它才跑掉了？"

好长一段时间过去了，那颗远去的小星星仍然没有回来。那是因为它是一颗流星。

一个多月过去了。一天夜里，那两颗小小的星星静静地在天空搜寻，想要找到那颗消失的星星。

"噢，它跑那里去了呀！"

"什么？在哪儿呀？"

"那里，那里，看到了吗？"

在底下，遥远的一个小镇的一条路上，有什么东西发出了亮光。

"走，过去瞧瞧。"

"好！"

这两个小家伙也从高空中掉下来，掉到了寒冷的小镇上。但让它们大失所望的是，那亮晶晶的东西原来只是一块玻璃瓶的碎片，并不是那颗星星。

这天晚上，原野上的苍鹭再次发出一声尖啸。

chapter 05

✦ 国王与鞋匠 ✦

国王整天在宫中待得很没意思，就穿上一身破衣，扮作乞丐，孤身一人走上了街道。

他看到有间小鞋铺，一个老人正在忙碌地制作鞋子。

国王走进小鞋铺，看着正在认真工作的老人，无礼地说："嘿，老家伙，你怎么称呼？"

那位老爷爷不知道面前这个衣衫褴褛，一副穷鬼模样的家伙就是自己王国的国王，就在那里继续埋头做着自己的工作，语气淡然地说道："问话也要讲点礼数吧。"

"嘿，我问你的名字是什么？"国王仍然没有意识到自己的失礼。

"你这人怎么一点礼貌都不懂？"老人没有抬头，依然在忙碌着自己的工作，声音冷冰冰地说道。

国王想了想，终于意识到自己说错话了，连忙换了和颜悦色的语气开口说道："请问老人家尊姓大名？"

这时，老人才说出了他的名字："我名叫马吉斯塔。"

国王又问他："马吉斯塔，我有一件事要向您请教，您能不能如实地回答一下，您认为我们的国王陛下是不是一个傻瓜？"

"我看不是。"马占斯塔这样说道。

"你一点都不认为我们的国王是个傻瓜吗？"国王追问道。

"我从来都不这样认为。"马吉斯塔一面说着，一面把鞋子的后跟钉好。

"你说一句国王是个傻瓜，甚至只要在我耳边低语，我就给你这个。你不用担心，现在只有我们两个人，没有别人会知道你刚才说的话。"他说话的间隙，从衣兜中取出一只闪耀着金光的怀表，放在马吉斯塔的腿上。

"只要我跟你说，我的国王是个傻瓜，你就会给我这个？"老人停止了手上的活，放下了手里的铁锤，低头看向自己腿上的怀表。

"对，"国王期待地搓着手，"你只需要小声说一句，它就会属于你。"

忽然，老人把怀表狠狠地砸在地上。

"赶紧离开这里吧！如果你再在这里嚷嚷，我就用铁锤敲碎你的骨头。你这个忘恩负义的混蛋，你还能在这世上找到比我们的国王更好的人吗？"

马吉斯塔一边说，一边将巨大的铁锤高高地举了起来。

国王惊慌失措地逃出了小鞋铺。奔跑中，他慌不择路，脑袋狠狠地撞到了一个遮阳棚的柱子上，肿起来老高一个包。

　　尽管头很痛，但他心中还是很高兴，不断地喃喃自语："我的子民真是太忠诚了。我的子民真是太忠诚了。"

　　然后他高高兴兴地回到了自己的宫殿。

chapter 06

◆ 螃蟹做生意 ◆

　　有只螃蟹想去经商，可是应该做什么生意呢？考虑再三，它终于下定决心，要开一家理发店。在他看来，自己开理发店生意应该不错。

　　不过，理发店开业很长时间，却一个顾客也没有。螃蟹不禁在心中腹诽："为什么没有客人来光顾我的理发店呢？"

　　于是螃蟹决定主动出击，它拿着剪子向大海走去。章鱼在海边打盹。

　　"喂，章鱼先生，你好。"螃蟹向章鱼问好。

　　章鱼睡眼蒙眬地望着螃蟹，问道："有何贵干？"

　　螃蟹说："我是个理发师，请问您需要我的服务吗？"

　　章鱼没好气地道："你好好瞧瞧，我脑袋上有头发吗？"

　　螃蟹仔细打量着章鱼光滑的脑袋，它的头上确实没有半点毛发。螃蟹的理发技术再好，也不可能给光头理发啊。

　　然后，螃蟹又跑到了山上，发现小山上有一只正在午睡的山狸。

"你好，山狸先生。"螃蟹向它问好。

山狸张开双眼打量着螃蟹，问道："你找我做什么？"

"我是个理发师，请问你需要我的服务吗？"螃蟹问它。

山狸本来就是个爱搞怪的家伙，它眼睛一亮，就打起了歪主意。

"行行行，给我理发吧。但你得答应我，把我的头发理好之后，也得帮忙理一下我父亲的头发。"

"好，这个简单，成交。"

然后就轮到螃蟹大显身手了。

就看到螃蟹手里的剪子上下翻飞，穿梭于山狸的头发间。

不过，螃蟹的体型并不大。相对于它而言，山狸实在是太大了。而且，由于它的全身都长满了毛发，因此理发的进度很慢。螃蟹筋疲力尽，累得口吐白沫。尽管如此，螃蟹仍然非常卖力地拿着剪子，竭尽所能地给山狸理发。最后，螃蟹足足用了三天的时间，才把它的头发理好。

"好了，按照约定，接下来我们去找我父亲吧。"

"我问一下，您爸爸有多大？"螃蟹轻声地问道。

这只山狸刻意地想要吓唬螃蟹，就说："它就像一座山那么大。"

螃蟹听完心里咯噔一下，它想："天哪，要是山狸的爸爸真像一座山那样，我该怎么给它理发啊？"

因此，螃蟹让它的儿女都成了理发师，不光它的儿女，它的孙子乃至于曾孙子也都成了理发师。

正如我们现在所见，即使是初生的幼蟹，手中也拿着剪子呢。

chapter 07

◆ 小太郎的悲伤 ◆

一只小虫嗡嗡着从花园中钻了出来，向天空飞去。可能是体型过于庞大的缘故，这只虫子的速度非常缓慢，几乎是一点点地往上爬升。

当它升到离地面一米左右时，它猛地一跃，然后落到了地上。果然是因为体型太庞大了吧，它的动作非常缓慢，它慢慢地朝着马厩的角落爬了过去。

已经盯了它好久的小太郎，拎着网筛光着脚就往那边跑。

那只虫子好不容易爬过了马厩，又从花园爬到了小麦地，然后停下脚步，在青草覆盖的河堤上趴下歇息。

小太郎眼疾手快地把它抓起来，发现这是一只独角仙。

"啊！我捉到独角仙了！"小太郎大喜过望地说道。

然而，他没有得到任何回应。小太郎是家中的独苗，没有什么兄弟姐妹，所以在这样的时刻会倍感寂寞。

小太郎跑回了楼道，跟奶奶说："奶奶，你看，我抓到了独角仙诶。"

奶奶正在楼道里打瞌睡，听到小太郎的话后睁开眼看了看那只独角仙，漫不经心地说："哦？是一只螃蟹。"说完眼睛就重新合上了。

"错了错了，这是一只独角仙。"小太郎有点郁闷，但在奶奶眼里，螃蟹和独角仙没什么区别，她喃喃了几声，就不再睁眼去看了。

小太郎从奶奶的腿上拿了一根线，把独角仙的一条后脚捆起来，像遛狗一样让它沿着走廊到处爬。

它就像一只迷你版的牛犊，跟跟跄跄地往前走。小太郎拉着线的一端，它无法继续前进，只能挣扎着在原地爬来爬去。

小太郎玩了一会儿这样的游戏，然后感到百无聊赖。一定有人知道其他好玩的法子，所以小太郎戴上大草帽，然后拎起拴着独角仙的线就出门了。

此时正值正午，四周静悄悄地，零星传来草席被拍打的沙沙声。

金平家在桑田里，离小太郎家最近。金平家中有两只火鸡，它们今天不知道为什么，竟然跑进了庭院里。由于小太郎非常惧怕火鸡，他没有直接进入庭院，而是透过篱笆向里面张望，并低低地喊道："金平……金平……"他不想让火鸡听到，所以才小声喊金平。

小太郎怕金平听不见，还特意叫了好几次。

最后，一个声音从房间里传了出来："你要见金平？"说话的是金平的父亲，他似乎还没有完全清醒过来，"金平昨晚肚子疼，睡到现在都没醒，他今天没办法出门了。"

小太郎很是失落，像是斗败的公鸡一般，从金平家转身走了。

"不管了，等明天金平肚子好了，我再去叫他玩吧。"小太郎又决定去恭一家拜访，恭一比他年长一岁。

恭一家的房子不大，四周都是松树、茶树、柿树还有橡树。恭一最擅长的就是爬树，他总会躲在一棵大树上，等人从树下经过时，用手中的果实去砸别人的脑袋，很多人都会被他吓到。除了躲在大树上，他还会躲在别的地方，然后猛地跳出来吓别人。所以小太郎每次来找恭一的时候，都会保持高度戒备，不敢有一点疏忽。他谨慎地四处观察，然后默不作声地继续前进。

可是这一次，他并没有在树上看到恭一，也没有被从暗处冒出来的恭一吓到。

"你找恭一吗？"恭一的母亲正从厨房里走出来，一边准备喂鸡，一边对小太郎说，"因为家里有事，所以他昨天就去三河附近的亲戚那里了。"

"哦。"小太郎轻轻叹了口气，心中满是失落，这是什么情况？和他玩得那么好的恭一也去了遥远的地方。

"那，他不回来了吗？"小太郎紧张地问道。

"也许过些日子你来，他就在家啦。"

"你能不能跟我说说，他大概什么时候能回来呀？"

"也许在盂兰盆节那会儿来找他，最迟在一月也应该回来了。"

"是吗？伯母，那我过段时间再来找他。"小太郎并不气馁。到了盂兰盆节或者一月，他还可以跟恭一再一起玩。

小太郎提着独角仙，顺着狭窄的上坡，一路往主干道而行。车工师傅住的地方就在公路旁边，他家安雄也在读青年学校。安雄虽然看上去不小了，不过还是很爱跟小太郎他们这些小朋友一起玩耍，他也是一群小朋友的好哥们儿。不管是抢阵地的比赛，还是躲猫猫的游戏，他都会参与其中。安雄在孩子们中也很有威望，因为不管是什么叶子，安雄只要将它们拿在手中把玩两下，然后放在自己的嘴巴边上，轻轻地吹一口气，那些叶子就会发出悦耳的声音。即使是再枯燥的事情，只要经过安雄那双巧手的处理，都会变得很有意思。

越是接近他家，小太郎心中就越是激动。他心想：安雄肯定会让独角仙变得好玩起来的。

小太郎探出头，从刚刚到自己下巴的窗户往内看，正好看到了安雄。他正和他父亲一起，在墙角的磨刀石上打磨工具。安雄今天穿着一身工装，腰间还系着一条黑围裙。

"都说了别使那么大劲了！你怎么就这么不长记性？"大叔不满地嘟囔着。安雄的父亲似乎在教导安雄如何打磨刀具。安雄满脸通红，使劲磨着刀子。小太郎等了又等，安雄始终没有往他这边看一眼。

小太郎再也忍不住，轻声道："安大哥，安大哥。"他压低了嗓门，想只让安雄一个人听到。可是空间这么小，安雄和他父亲两个人自然都听到了。

安雄的父亲平日里也喜欢和小朋友们说说笑笑，为人非常好，可是今日不知为何，他却像是有心结一般，浓密的眉头一跳一跳的，声音有些阴沉地说道："我家安雄以后就是成年人了，不会再陪小朋友玩了。你可以去和其他小朋友一起玩。"

安雄苦笑着看了小太郎一眼。随即，他的眼神又落到了自己手中的刀具上。

无精打采的小太郎就像是一只摔惨了的虫子，灰溜溜地离开了。

一股浓浓的哀伤在小太郎的心里蔓延开来。

安雄不可能再回来跟小太郎一块玩了。要是只是肚子痛的话，估计第二天就没事了。就算只是暂住在三河，也会有回来的一日。而那些已经踏足了成年人领域的人，却永远都无法回归孩童的领域了。

安雄并没有走远，他还和小太郎生活在一个村庄，两家离得也很近，不过从这一天起，安雄和他已经不是一个世界的人了，他们再也不能在一起玩了。他已经不能再期待和安雄一起玩了。

小太郎的哀伤，就像浩瀚的苍穹一样，绵延不绝。

一些悲伤会让人流泪，但是哭过一次就会被抛之脑后。但有的时候，伤心是无法用眼泪来表达的，哭过之后它也不会消失。这一刻，小太郎内心充满了悲伤，哭也无法缓解。

他木然地站在那里，目光好像落在了西方山峰上的一团团红云上。他的目光呆呆地投向远处，眉头紧皱，甚至没有发现那只独角仙已经从他手里跑掉了……

chapter 08

◆ 谎言 ◆

一

久助因患腮腺炎而请假了五日。

第六天一早，虽然他觉得被人发现脸上的肿胀有些丢人，但他还是来到了学校。他到学校的时候，所有人都在上课。

一踏入教室，所有人的目光果然都齐刷刷地落在了他的脸上。他手足无措地将请假条递给班主任，然后匆匆忙忙地跑回自己的位置，一不小心还碰掉了好几个同学的帽子。好不容易坐下来，久助翻开了久违的书本。

坐在他旁边座位上的加市指了指课本上的页码，示意他已经讲到第十课了。久助上次上课的时候，老师还在讲第八课《雨中的养老公园》。就是那天，他觉得自己的左脸总有一种沉甸甸的感觉，然后他就请了病假。

虽然久助现在和大家在一起上新课，但是他一想到自己在家里的时候，同学们已经学完了第八课剩余的内容和第九课的全部内容，他就觉得自己和同学们格格不入。

就在这个时候，坐在前面的一位学生被老师叫到名字，然后他念起了课文。

"第十课，《稻草之火》。这件事非同小可！五兵卫嘀嘀咕咕地从屋子里冲了出去……"

"咦，好怪呀，"久助心里纳闷，"这个声音我怎么从来没有听到过，是谁在念这篇文章啊？"

久助的目光从书本上移开，看向前方。他看见一个穿着花哨的斜纹布衣服，皮肤细腻的男孩正坐在靠南的窗口旁的座位上，大声地念着文章。他不知道对方是谁。

他的脑海里那种诡异的感觉更明显了。他不禁怀疑：自己会不会是误打误撞地来到了另一所学校？可是不对啊，这就是岩滑学校五年级的课堂，但是我并不认识这个念课本的年轻人。这位老师虽然长得也和我的班主任很相似，但是给我的感觉却又不太一样。我们班上的人呢？他们都是我认识的岩滑学校里的学生，但是看上去也那么怪异。我就放了五天假，就把自己的学校给忘了？来到了其他学校？这简直就是一个天大的笑话！简直太滑稽了！

不过只是一瞬间，他就清醒过来，发觉自己仍在老校园，释然一笑。

下课的时间，靠着南边窗户的那个小男孩，似乎和同学们还没有什么交情，独自一人在那削着铅笔。久助向森医院家的德一问道："那个男孩是谁？"

"他的名字是太郎左卫门，"德一道，"我听人说，他好像是刚从横滨转学过来的。"

"太郎左卫门？"久助笑了一下，"他的年纪似乎比我们都要大咧。"

德一说："他母亲昨天把他送到学校的时候，还和教师说：'太郎左卫门这个名字听起来有些老气，被人这么称呼他就太可怜了。家中的人都喊他太郎，因此我想让其他学生也这么喊他。'"

听到这里，久助心中暗道：看来，大人们的考虑还是很周全的。

于是，太郎左卫门就这样踏入了久助的世界。

二

由于岩滑学校位于农村地区，无论如何，这位充满了城市气质的男孩总是特别引人注目。从一开始，久助就对太郎左卫门产生了好感，只是没有机会接近他而已。事实上，班上的尖子生们，不管是德一、加市还是音次郎，都跟他有同样的感觉。大家都很清楚彼此，所以没有人率先开口。久助忽然意识到，自己在课堂上，总是下意识地留意太郎左卫门的一言一行，这一举动他自己也不知道是什么时候开始的。

太郎左卫门就坐在久助前面那个靠近南窗的位置上，从久助的角度正好能看到他那只很大的右眼和那头乌黑亮丽的秀发，还有那一圈漂亮的头旋儿。在课堂上，他的大眼睛会盯着课本看很久，然后缓缓移开目光，看向老师，全神贯注地听课。有时候或许是因为上课太累了，他会轻轻地吐出一口气，调整自己的姿势，但很快就会重新振作起来，聚精会神地看着老师。这让久助感觉太郎左卫门与他们这种从小在泥泞荒原上成长起来的小孩，有着很大的不同，所以他在喜爱太郎左卫门的同时，也感到了一丝淡淡的忧伤。

有一天，他习惯性地看着太郎左卫门，赞叹道："好漂亮的年轻人！不知道这位英俊的年轻人到底叫什么名字呢？"他心里思索着，嘴上不由自主给出了答案，"他叫太郎左卫门！"

久助一怔，他忽然想到自己曾经看过的一篇关于江川太郎左卫门的自传。"我也记不清他的具体情况了，但我知道他是江户时期的一位火炮大师。他曾在伊豆的韮山上建立了反射炉，还造出了一门当时非常稀有的火炮。"然后，他的脑中便出现了由砖垒起的反射炉的画面，随之一块出现的，就是江川太郎左卫门那长着惊人大眼睛，梳着发髻的形象。

"这个太郎左卫门，与江户时期火炮大师太郎左卫门重名，他们的名字是一样的。既然如此，难道两人就是同一个人？当然这是不可能的。第一，太郎左卫门在江户时期就是成年人了，现在怎么会是个小孩。如果是这样的话，岂不是反过来了？"即使这样，他依然认为，在课堂上看到的这个太郎左卫门，有可能就是那个火炮大师太郎左卫门。

"江户时期的成年人越长越年轻，逐渐返老还童。在茫茫人海中，或许会有极少数的人拥有这种独特的成长方式呢！你看这个太郎左卫门的大眼睛，跟江户时期的太郎左卫门的一模一样，都又大又漂亮！"他也明白，这样的事情若是说出去，只会被别人当成一个玩笑，因此他只让自己陷入了这种幻想之中。

这天，在放学回家的途中，久助静静跟在太郎左卫门身后三米左右。当然，在跟随他的同

时，他也在心中为自己的行为辩解："我不是故意要跟踪太郎左卫门的，只是我们两人的步调和去向恰好一致，所以出现了现在这个情况。"

路过一片开阔地时，太郎左卫门忽然回头对着久助说道："嘿，你认识这种花吗？"他的嗓音有些嘶哑，但说话很流利。

久助朝那个地方望了一眼，那个地方和自家门前的小花园差不多，只有几朵暗红色的花朵零零散散地开在墙角。他不认识那花，所以没有回答。

"这是鼠尾草哦！"俊美少年太郎一边说着，一边踏步往前走去。

反正他都已经搭话了，那我回话也很合理吧。怀揣着这样的想法，久助说服了自己，忐忑地开口说道："你是从横滨来的哈？"

太郎左卫门来自横滨的事情，其实他早就听德一说过，本来不用再多问了，但是他实在想不出别的什么话来，只能随口问道。说完这句话，他自己也尴尬地流下了一滴冷汗。"来的哈？"这句话在岩滑学校里可不算主流。按照岩滑学校的主流话语来问，应该是"来的啊"或者"来哒"。不过久助觉得，对着一名风度翩翩的英俊少年，用这种说烂了的话，未免也太俗了些。不过想法只是想法，久助也不太懂校园外的语言，所以只能用"来的哈？"这种模棱两可的问法。要是让他的朋友，德一、加市和兵太郎知道了，他们肯定会对他狠狠嘲笑一通的。还好，听到刚才那句话的只有太郎左卫门。他应该对岩滑没那么了解，有可能把刚才那句话当成岩滑这里的一种惯例了吧。感觉他好像一点都不介意的样子。

"对的，"太郎左卫门回答了他，接着他转过身去望着那一朵朵深红色的花朵，"我哥哥是一名画家，他就特别钟爱这些花。"

久助只知道画师是作画之人，却从未亲眼见到过，此时听到太郎左卫门的问话，顿时有些不知所措。

"我哥哥在去年秋天，服下了安眠药自杀了。"

尽管久助也明白，"自杀"意味着残酷地终结了自己珍贵的一生，但这个词语他从未听同学们说过，因此一时有些手足无措。

太郎左卫门刚要往自家门口走，忽然像是想到了什么似的，回头追向久助，说："把手给我，我送你一件不错的东西。"

久助朝他伸出一只手，太郎左卫门从怀中掏出一支类似钢笔的东西，在他手中挥舞了几下，很快，一个小球出现在久助的掌心。太郎左卫门也往自己嘴里扔了一颗，然后就回家了。一开始，他还以为这是一枚小型的空气枪弹，可当他拿在手中时，又觉得那应该不是子弹，因为他并没有感觉到子弹那股沉重的感觉。于是，他也像太郎左卫门那样，将其含在了口中。

他把那个圆溜溜的球放到嘴里，顿时一股苦得让人难以忍受的味道从他的嘴里扩散开来。"这到底是什么玩意儿，好苦啊，跟感冒药差不多！"久助一口就把它吐了出来，但是那股苦涩的味道突然就化作了清甜，让他感觉到无比的舒服，他忍不住哈哈大笑起来。"天哪，这一定是用薄荷什么的做成的！"久助又将那颗小球塞进了嘴巴，一股淡淡的苦味重新扩散在他的口腔里，让他忍不住皱了一下眉头，但他又想："再过一段时间，就会有清甜的味道了。"果不其然，没过多久，他就又尝到了那股冰凉的甜味。久助心道：这个球就是如此，苦涩和甘甜两种味道会不断交替出现。

然而，当他吃到了三次苦后，他觉得有些腻了，就将那颗已经溶化的小圆球给吐了出来。它和唾沫混在一起，带着一种茶褐色。深呼吸一口气，久助只觉得神清气爽，就像是在享受着秋天的早晨一般。为了多体验几次这种清新的感觉，他一路上都张大了嘴巴，不停地大口呼吸着空气，直到走进了家中。

"阿久，这是什么情况，为什么你身上有人丹的气味？"久助的母亲好奇地问。久助终于解开了心中的困惑，但随之也对小圆球失去了兴趣。他之前就听说过人丹，这是第一次真正尝到。

"人丹怎么会被太郎左卫门认为是很不错的东西呢？"太郎左卫门的形象在久助心目中越来越古怪了。

三

顺着大路再向前走十来米，就可以看到太郎左卫门家的正门了。他家的门比起光莲寺的正门要稍小一些，上面的把手和铁饰都已经锈迹斑斑，透着一股古朴的味道。在正门的旁边，有一个小小的侧门，太郎左卫门平日里进出都是从这里走的，他家的正门一直都关着。

久助跟着太郎左卫门来到了他家门前，太郎左卫门道了一声"再见"，然后飞快地从小门溜了进去，并紧紧地关上了门。久助每次都会暗自思索，太郎左卫门在这道门之后的生活（成年人喜欢这么说），究竟是什么样的呢？但他从未想过要进去看看。这扇大门后面永远都是一片沉寂。对于这种古老而安静的环境，他并不是很喜欢。

直到有一天，久助跟随太郎左卫门从那个小门溜了进去。

院落很小，但有些地方却引起了他的注意。庭院中有一口四四方方的池塘，池水碧绿，深不见底。石头围栏上长满了青苔，已经看不出它原本的色彩了。可以说，这座像是木斗形状的水潭，由里而外，都是一片碧绿。池塘中饲养的鲤鱼在碧绿的水中游弋，红白相间，时时可见。久助凝视了片刻，便嗅到了一丝令人作呕的味道。久助觉得这片池塘由内而外都散发着对一个孩子的排斥，所以他马上远离了池塘。

久助在太郎左卫门的招呼下来到一条长满了紫藤花的回廊下。回廊和大厅是用一扇纸拉门隔起来的，太郎左卫门走出房间以后，那门就没有关上，因此久助能清楚地看见大厅内的情况。一名纤细的年轻女子正在大厅里，她束着黄色腰带，面容苍白得像瓷器。"这位应该就是太郎左卫门的姐姐了。"久助对自己说。她从一间黑黑的屋子里走出来，手里提着一盏金鱼缸形状的煤油灯，一手摸索着帘子，慢慢地向大厅角落的一张小桌前走过去，然后将那盏煤油灯放在桌上。久助对她睁大双眼、两手摸索着前进的情景感到十分诧异，以至于他忍不住发出一声叹息，心想："难道她看不见吗？"

女孩擦着火柴点燃了油灯，坐到了餐桌前。久助并没有在餐桌旁看到其他人，但是她却对着空气开始讲话，好像那边有人一样："爸爸说，这盏煤油灯是他第一次航行到法国马赛的时候，在一个港湾镇小巷中的一间二手商店里弄到的。我听说，这很有可能是从路易十六时代流传下来的。"

这一幕把久助吓坏了，他站在那里一动不动，心想："这个女孩不单是个盲人，她的精神好像也有问题。"

太郎左卫门哈哈大笑："姐姐真傻！"

　　他把事情的来龙去脉告诉了久助，久助这才明白过来。太郎左卫门的姐姐正在为女校文艺会排练节目。故事大概是这样的：一个雷雨之夜，两姐妹在家中读书，忽然断电了，姐姐掏出那盏破旧的煤油灯，然后死去的弟弟、曾经丢失的小皮球还有雨夜中丢失的小狗狗，都无厘头地回到了两个女孩的面前。简单来说，就是一部令人迷惑的、天马行空的愚蠢舞台剧。

　　即使久助已经明白，眼前这个苍白的少女不是盲人，也没有精神失常，但他心中仍然有着一丝恐惧，下意识地将目光投向了那个女孩，侧耳倾听着她的声音。

　　她转头望向了对面那个既没有形体，也没有回应的"人"，说道："秋少爷他已经死了。就在五年前一个下雪的晚上，他去世了。"对面似乎有了一些反应。尽管久助并没有听到，但她露出了一副似乎听到什么东西的神情，认真地听了起来。"这小家伙，还没明白什么叫死亡呢。他还说，死亡就是在一个隐蔽的角落里玩躲猫猫，你怎么也找不到他了。"那人似乎又说了别的话，她忽然噗嗤一声笑了出来，仿佛是听见了一个滑稽的答案，接着她似乎还不满足，反复笑了好几次。"呵呵呵"和"哈哈哈"的笑声交替出现。

　　久助感觉自己不能继续留在这里，于是他赶紧回到了自己的家中。

　　从那次起，每当他路过太郎左卫门家的房子，他就会想到这个可怕的皮肤苍白的少女，想起来那个在阳光明媚、紫藤花开的天气里，坐在一盏煤油灯前排练文艺会节目的少女。

四

太郎左卫门慢慢跟大家都混熟了。所有人一开始都对太郎左卫门充满了敬意，虽然不好意思直呼其名，不过还是称呼他为"太郎"。随着时间的推移，太郎左卫门与众人的关系也越来越亲近，甚至经常被众人围在中间。大家就好像喝醉了酒一般，你一句我一句地说着什么，然后又是一阵胡闹。对于太郎左卫门，众人也慢慢觉得没必要对他过于尊敬，就毫无顾忌地称呼他为"太郎左卫门"了。

但是最近，好像很少有人提起他了。同学们已经意识到，太郎左卫门其实是个很无趣的人，跟他相处起来没有任何乐趣可言。自始至终，坚持很有礼貌地称呼他"太郎"的，也就只有他们的班主任山口老师了。也正是从那时起，关于太郎左卫门这个人喜欢撒谎的说法便流传了出来，还有一句话："这个人所说的任何话都不可信。"所有这一切久助都不太相信，却又无法确定。

一日，兵太郎正在和一群朋友很气愤地聊天。久助跑过去想看看是怎么回事，结果是兵太郎在跟大家说他被太郎左卫门给骗了。

在午河湖以南的山上，有一条很深的峡谷，峡谷两边的峭壁就像两道屏风一样，相对而立。太郎左卫门对兵太郎说："这里有个很有意思的事情，你站在悬崖的一边，对着悬崖大叫一声'喂——'，当你的声音撞到对面悬崖的时候，就会立刻化作回音，再传到悬崖的这边，然后又被反弹到对面的悬崖上，再反弹回这边的悬崖上。就这么一遍又一遍地重复，那声音永远也不会停下来。"太郎左卫门信誓旦旦地说他是在一份科技期刊上看到这个说法的，千真万确。这句话让兵太郎深信不疑，所以他昨晚从午加池结束了垂钓之后，便按照太郎左卫门所说的，前往那个悬崖去一探究竟了。但事实证明，太郎左卫门所说的一切，都只是一个"谎言"。

久助心道："如此说来，太郎左卫门果然是说谎了。"他下意识地想到了太郎左卫门的姐姐，也就是那个在排练文艺会节目的姐姐。那位苍白的少女可以假装成有别人正在听她说话的样子，尽管她的对面并没有其他人。

听说还有一次，在一场暴风雨过后，太郎左卫门看上去很着急，他告诉新一郎："有一只百灵鸟被闪电击中，从云端落了下去，赶紧过去看一看吧，它肯定落在了牛市周边。"新一郎根本没有意识到他在撒谎，就跟了过去。他踏着被雨水打湿的牛市草地，找遍了每一个角落，只看到了牛粪，却没有发现任何从天上掉下来的物体。新一郎这时才意识到，原来太郎左卫门又撒谎了。

五

有一天，太郎左卫门拿着一块圆形的像陶壶盖那么大的东西来到学校，告诉同学们说："这是一个很有趣的玩意儿。"

虽说众人都认为太郎左卫门这个人最喜欢撒谎，但毕竟不可能时时刻刻都对他保持着高度戒备，尤其是他带来的东西大家都没见过，所以大家都因为好奇心而放松了警惕。

太郎左卫门这次带来的新奇玩意儿，据说是中国人带到横滨来的，它是用什么动物的牙齿制成的。将此物置于耳旁，若其所处的方位正确，就可听见其中储存的音乐。

于是，森医院家的德一率先进行尝试，所有人都轮流将耳朵贴在那玩意儿上。所有人都一脸认真地听着，就像是听听诊器的医生一样。"感觉如何？有没有听到那种类似曼陀铃的声音？听说那是中国琴的声音。"太郎左卫门在旁边一个劲儿地问着。对于他的询问，有人含糊不清地应付几声，有人笑着说："是啊！确实有，虽然声音很轻。"不过也有人说："我没有听到任何声音。"还不信邪地又使劲摇了几下再听。

"太郎左卫门一定是在撒谎！"这句话是从兵太郎嘴里说出来的，但是这次没有人相信他。大概十多天以前，兵太郎的一只耳朵破了，流出一股青色的黏稠脓液，还散发着恶臭，所以没有人愿意把这个能听到音乐的小玩意儿给他，他就是心里不平衡，才说这话的。

久助接过那宝贝来，它黄澄澄的，漂亮圆润，像陶壶盖儿一样，一面向内凹陷，在凹陷的一面中间，有一个很小的、很像肚脐眼的凸出。据他们所说，要想听到那声音，就一定要将这个类似肚脐的凸起，准确地塞进自己的耳朵里。

一开始，他就听见"呜呜——"的声音，像是马达在运转一样。久助聚精会神地听着那"呜呜——"的轻响，似乎想从里面听出来什么东西，很快，他发现自己真的听见了"乒乒乓乓"的轻响。

"我听到了！我听到了！"久助激动地将手中的玩意儿交给了旁边的人。

久助在春游前一天，在家中翻箱倒柜翻找磁铁时，突然看到了一个圆形的物体，就像是太郎左卫门带到学校的那个稀罕东西。

"我家怎么也有这个东西？"他诧异道。

他急忙跑到父亲跟前，向父亲打听。原来那是一种旧式的烟袋锅，可以把带火星的烟蒂放在凹槽里，用来点下一支烟。

"不过，为什么这里会有一个类似肚脐的玩意儿呢？这玩意儿有什么用？"久助问，显然是在为自己之前无知的表现而懊恼。

父亲说："这个像肚脐的圆圈里有个小洞，可以从这里穿绳子。"

久助哑口无言，他觉得自己一直以来都被太郎左卫门耍得团团转，但却在心里嘀咕："太郎左卫门为什么要撒谎呢？我完全也没法理解！"

第二日，久助在角落里默默观察着太郎左卫门。他看到爱撒谎的太郎左卫门靠在窗户边，正在出神，随后，久助又看到了更奇怪的东西。

太郎左卫门的两只眼睛是有区别的，他的左眼睛比右边的要小。最令人惊讶的是，大的那只眼睛很漂亮，很温柔，很无辜，而小的那只眼睛里，则流露出一种阴险狡猾的神色。

"他真是奇怪啊！"他又仔细观察了一下太郎左卫门，然后注意到他的双耳也有区别，甚至他的两个鼻孔也有一些区别。反正他看上去就是一副歪歪扭扭的样子。

久助仔细地考虑过这个问题，心道："难道太郎左卫门根本就不是一个人？或者说，是有两个人被一分为二，然后一个人的左边和另一个人的右边拼成了他吗？"

他记得自己曾经看过一些人制作泥塑娃娃。他们会用模型做出两个一半的娃娃，接着将这两部分对齐拼凑起来，就做成一个完整的娃娃了。当初，神灵创造人类应该也是这么做的。在创造太郎左卫门的时候，很可能出了什么岔子，导致完全不相称的两个半边躯壳融合在了一起，也就是说，太郎左卫门的躯壳中其实有两个人。

久助突然想道："既然如此，太郎左卫门老是撒谎或者冒出很多荒唐的想法，也就不足为奇了。"

六

这一日，太郎左卫门撒的谎，让所有人都栽了一个大跟头。这件事情发生在五月下旬一个阳光明媚的礼拜天的午后，当时的情况很棘手。

这一天，德一、加市、兵太郎和久助都百无聊赖，不知道该做点什么。

田野上的小麦渐渐染上了一层金色，一声声青蛙的叫声从远方传来，萦绕在村庄上空。街道上的人很少，马路就像白纸一样反射着晃眼的光。这是很平常的一天，每个人都觉得这样的日子很无聊，他们都想知道，故事里所描写的事情，为什么不在这个时候发生呢？他们希望有更惊心动魄的事情发生，也希望能够做点什么事情，让所有人都为之震惊，为之动容。

就在他们这样想着的时候，太郎左卫门忽然从街道的拐角走了出来。他直奔众人而来，双眼炯炯有神。他说："你们知道吗？有人在新舞子附近见到了十多米长的大鲸鱼。"

所有人都在期待着这种非同寻常的事情，所以哪怕是太郎左卫门说出的话，所有人也都毫不犹豫地相信了，因为他们觉得这不一定是假的。只要是夏季时在新舞子岛的海滩上洗过海水浴的人心里都明白，就算那里的沙滩上没有鲸鱼，也经常会出现很多奇怪的事。

这里距离新舞子那边很远。新舞子在知多半岛的对岸，得翻过一座大山才能到达，大概要走十二公里。不过，他们对于即将到来的新鲜事物还是很感兴趣的，那遥远的路程对此刻的他们来说也算不了什么了。太郎左卫门也和他们一起，一群人说走就走，根本没有通知家人的想法。所有人都有一种飘飘欲仙的感觉，好像自己可以像飞鸟那样，千里之间一瞬即至，然后一闪而回。

于是，一行人又蹦又跳，嬉戏着一路狂奔，偶尔还会机灵地说一句："别跑太快了，不然回来的时候该累死啦！"他们互相监督彼此，刻意控制了一下前进的速度。

一朵朵洁白的野生蔷薇星星点点地点缀在绿色的田野上。他们穿过花田的时候，还可以听见蜜蜂在空中翩翩起舞的声音。那雪白的松树枝条一根根冒出来，聚成一团，正在奋力地成长，释放着令人迷醉的香气。

穿过了半田池，走过了那条漫长的山路，所有人都已经累得不想说话了。在这个时候，谁要是说话，就会显得啰唆而讨人厌。不知不觉间，疲惫感已经爬满了大家的全身。所有人的脑子仿佛都因为疲惫变得不那么灵光了。天色越来越黑，太阳向西坠去，可是，没有一个人提出要回去，他们好像统一得到了什么指示似的，一直往前走，没人后退。

当他们穿过大野镇，抵达新舞子海岸时，天色已近黄昏，夕阳渐渐没入海平线。每个人都精疲力竭，步履蹒跚。他们艰难地走向大海，看着大海发呆。

根本就没有鲸鱼！太郎左卫门肯定又是在撒谎，但此刻不管是真是假，都无所谓了。再说了，就算大海里现在真的出现一头鲸鱼，他们也没力气去看了。

每个人都筋疲力尽，昏昏沉沉的脑子里就只有一个念头："这一次实在是玩得太大了。我们该如何才能回家呢？"

他们都累坏了，连一步都走不动了。现在他们明白了，他们的举动是多么地鲁莽，他们的判断力有多么差劲！他们终于意识到，自己只是没有判断力的孩子罢了！

忽然，一道"哇"的声音响起，一向调皮捣蛋、最会打架的德一竟然第一个哭了出来。这下好了，随后，兵太郎也以相同的音调"哇"地大哭起来，就像在模仿德一一样。听到他们的哭喊，久助自己也不由得流下了眼泪，"呜呜"地叫了起来。加市"哼"了一声，瘪瘪嘴，也"呜呜"地大哭了起来。

　　每个人的哭法都各不相同，但他们都被自己响亮的哭声吓了一跳，也意识到自己犯了一个多么愚蠢的错误。

　　四个人就这么号啕大哭着，太郎左卫门则拿着一个贝壳，在地上划出一条又一条的线，他丝毫没有要哭泣的意思。

在一个没有哭泣的人身边哭泣是很难为情的。久助的目光不时地瞟向太郎左卫门，心中暗自叹息："太郎左卫门不在这里该有多好。这小子真的好奇怪啊，让人捉摸不透！"

夕阳落下，天地一片深蓝。久助首先停止了哭泣，他的眼泪已经哭干了。然后，刚刚哭泣的加市、兵太郎、德一他们也像被吓到的蝉一样，一个接一个以刚刚相反的顺序停了下来。

太郎左卫门此时也出声了："大野镇有我的亲人，走，我们过去，让他们安排一辆车来送我们回家。"

在这个节骨眼上，哪怕只有一丝希望，也能给他们带来安慰。所有人都跳了起来。可是当他们意识到，这个给他们带来希望的人，正是让他们绝望的太郎左卫门这个骗子时，所有人又都失去了信心。同样的话若是换作是其他人说的，他们一定会振作起来的。

很快，一行人来到大野镇，心中都忐忑不安，他们纷纷询问："太郎左卫门，这件事到底是真是假？"

这个问题他们已经问过很多遍了，但太郎左卫门总是说："千真万确。"但不管是第几次这样说，都没有人会相信太郎左卫门。

现在对于太郎左卫门的话，久助也是持怀疑态度了。"实在是没办法理解这个家伙，他的脑回路和我们不太一样。我们和他根本不是一路人。"想到这里，他的目光紧紧地贴在太郎左卫门的侧脸上。他越是观察，就越是觉得太郎左卫门那张脸像是狐狸的脸。

来到大野镇的中心，太郎左卫门喃喃道："好像就是这里了。"说完，他看了一眼那条狭长的小径，转身进入了这条巷子。其余四人见状，更加不相信他了。所有人都绝望了，他们在心里默默地说道："太郎左卫门果然又跟我们撒谎了。"

不过没过多久，太郎左卫门就从巷子口钻了进来，朝众人挥挥手，大声嚷着："我找到我的亲人了！赶紧过来！过来呀！"

尽管光线昏暗，什么都看不太清，但每个人的神情都变得振作了起来。所有人都顾不上疲惫，迈着沉重的脚步，朝着太郎左卫门狂奔而去。

久助跑得最慢，他还在心中暗暗叫苦："你们怎么跑得这么快？等等我啊。有多大的期待，就有多大的失落。现在这么兴奋，万一一会发现是假的那可就糟糕了。毕竟是太郎左卫门啊，不管怎样，可千万别全信他的话。"

久助越想越坚定自己的观点，太郎左卫门肯定又在撒谎骗他们了。

直到他来到一家灯火通明的店铺之前，他对太郎左卫门还是充满了怀疑。然而，太郎左卫门的亲戚果真就住在这个地方。婶婶从太郎左卫门那里听说了这件事，吃惊地瞪大眼睛，一个接一个地望着每一个人，嘴里不停地念叨着："唉，你们这帮小家伙啊，这是在干什么……我该怎么说你们才好啊。"

这一刻，久助才终于感觉自己有救了，然后整个人如同被戳破了的气球，脚底下一软，就一屁股跌坐在了门口。

随后，由太郎左卫门经营钟表铺的那个叔叔带路，他们一行人乘坐有轨电车返回了岩滑。他们在有轨电车上相拥着，一句话也不说。所有人都累坏了，脑子也是一团糨糊，除了身上的疲倦和这一刻的宁静，他们已经没有了别的感觉，什么也不愿意去想，更不愿意说什么。

回家后，久助躺在自己的床上，心里暗自思忖："这个喜欢撒谎的太郎左卫门，这次总算是没有撒谎了。到了生死存亡的时候，原来他也会老实起来。从这一点上来看，他也并不是一个完全不能理解的人。"久助恍然大悟，"人类是一种特殊的生物，虽然有些人的思维方式和其他人不同，但在关键时刻，大家的思维方式都是一致的。人类的本质是相似的，我们是可以互相了解的。"于是他的心终于平静了下来。

伴着耳边阵阵潮汐的回音，久助不知不觉睡着了。

chapter 09

✦ 爷 爷 的 煤 油 灯 ✦

东一玩捉迷藏的时候，藏到了谷仓的角落里。他在那里看到了一盏煤油灯，便把它取了出来。

这煤油灯造型奇特，灯座是由一根长约八十公分的粗壮竹子制成的，顶端则是一个精美的琉璃罩子，罩子上还有一些被火焰灼烧后的焦黑痕迹。若不留心，根本无法将其与煤油灯联系在一起。

因此，人们把它误认为是过去的一支枪。

宗八是刚刚捂着双眼抓人的鬼，他这会儿也好奇起来："这东西是什么？是不是一支枪呀？"

东一的爷爷起初也一脸蒙，他拿着老花镜盯了许久，终于认出了那是一盏煤油灯。

一认出来，他就对着那几个小家伙训斥道："看看你们都翻出来些什么。一群小鬼灵精，怎么就不能安安静静地玩耍呢？一不注意，你们就会弄出一些乱七八糟的事情来，就像是一只喜欢调皮捣蛋的小猫，总是要人操心。好了好了，我拿着这东西，你们都出去玩吧，出去外面找电线杆什么的去玩吧！"

被老爷子训斥了一通，几个小家伙终于意识到自己做错了事。那些没有捡到什么东西的孩子都一脸羞愧，更别说捡到煤油灯的东一了，他们大家低着头灰溜溜地跑出了屋子。

正值春天，门外一股股清风徐徐吹拂，扬起了道路上的灰尘，偶尔有一辆缓缓驶过的牛车，还有几只急促飞掠而过的白色蝴蝶。虽然马路上有一根根竖起的电线杆，但小朋友们可不会去绕着它们玩耍！对于小孩子来说，轻易遵从成年人的命令去做事情，是会被小伙伴们轻视的。

小孩子们就往广场那边跑去。他们跑着，在他们的衣兜里的玻璃珠也不停地活蹦乱跳，发出叮叮当当的声音。没一会儿，他们就开始兴高采烈地玩起了游戏，完全忘记了之前那盏煤油灯。

东一傍晚回家后，看到了放在里屋角落里的煤油灯，但他不敢去打听，生怕提起这件事情，又会被爷爷训斥。

晚餐过后，正是最无聊的时候，东一时而倚着壁橱，拉着拉环把下面的抽屉拉开又合上，发出喀嚓喀嚓的响声；时而又走进铺子里，直勾勾地盯着一个长着八字胡的农业教师买书，他购买了一本名字很难记的《萝卜栽培技术之理论和实践》。

百无聊赖之下，他趁着爷爷不在家，就走到里屋那盏煤油灯旁，取下灯罩，拧着铜钱那么大的旋钮，看着灯芯在灯腔里被他捣鼓得进进出出。

他玩得太久了，爷爷终于还是知道了。可这一次，老爷子却没有再骂他，只是让仆人斟上茶水，然后将烟斗从嘴边拿开，笑着说："小东，爷爷很喜欢这个煤油灯。太久没有接触它，我都快忘记了。今天，它被你从谷仓中找出来，把爷爷对往事的回忆都勾起来喽。对于我这个老头子来说，能见到这样一盏老式的煤油灯，或是其他老东西，那是再好不过的了！"

东一呆呆地望着爷爷，今天早上，他还因为煤油灯被老爷子训斥了一顿，本以为老爷子还在生气呢！出人意料的是，爷爷触景生情，现在反而很开心。

爷爷说："来这边坐，爷爷跟你说说过去的事。"

小东一最爱听故事，连忙老老实实地在爷爷对面坐下，后来他觉得自己这个姿势跟以前挨骂的时候很相似，有些别扭，便改了个平日里听家人讲话的姿态。他趴到床上去，双腿交叠着翘起来，偶尔双脚还在空中互相碰一碰。

下面这就是东一从爷爷那里听到的故事：

这件事情发生在日、俄两国交战的时候。故事的主人翁是来自岩滑新田村的十三岁男孩，名为巳之助。

巳之助从小就失去了双亲，没有兄弟姐妹，也没有任何亲戚，是个没有依靠的孤儿。为了维持生活，他从来不会拒绝任何工作。包括给人做些跑腿的杂活，像保姆一样给人带小孩，给人捣米等等。

但是，他内心深处，却是不想为别人打零工的。他常常在心里说："如果老是替别人看孩子、碾米，那我这个男子汉岂不是白活了？"

男人应该自强自立，可是，巳之助连每天的温饱都是问题，又怎么可能靠自己独立起来呢！别说他根本没钱去买书，就是有了书，他也没有那个闲工夫去看！

不过，巳之助并不气馁，他还在默默地等待着一个绝佳的时机，让自己能够真正地站起来。

夏日的一个下午，他被人叫去帮忙拉人力车。

当时，整个岩滑新田村里只有两三个村民以拉人力车为工作。来自名古屋的游客们，大部分都是先从半田站下车，坐人力车前往知多半岛西海岸的大野镇或者新舞子去洗海水浴，岩滑新田村好巧不巧就在这条路线上。

人力车需要人来拉动，自然不会跑得很快，而且，在岩滑新田村到大野镇的中间还有一条山岭，需要走很长一段路，更何况，那个时候的人力车，轮子都是沉重的铁轮，前进时会发出咯吱咯吱的声音！于是，一些想要赶时间的旅客，便会花上两倍的钱，雇两个人去拉车。巳之助这次的客户，便是一个赶时间的旅客。

巳之助扛着车把上的绳子，在炎炎夏日的阳光下狂奔。他从来没有做过这样的事情，自然是拉得很累的，但他心里并不认为这是一份很辛苦的活儿，相反，他对这份工作很感兴趣。自从他记事起，就从来没有离开过这个村庄，对山岭那头的小镇和居民什么的，他完全不了解。

夜幕降临的时候，人力车终于抵达了大野镇，在昏暗的光线下，街道上的人们就像是一颗颗白色的模糊小点。

在大野镇中，巳之助大开了眼界，见识到了许多他从未见过的事物。一排排的店铺让他睁大了双眼。巳之助他们村唯一的一间店铺是一间很普通的小商店。店里只有简陋的糕点、草鞋、纺纱工具，还有膏药、贝壳、眼药水和各种生活必需品。总之，在他们村子里想要买东西，就得去那个小店。

但更令巳之助震撼的，是一间大型店铺内，那一盏盏带着玻璃罩子、美丽如花的煤油灯。巳之助他们村里还有许多人家晚上连一盏煤油灯都不点，他们宁愿在漆黑的屋子里找水壶、磨盘和柱子，就跟盲人似的。有钱一点的，会拿出陪嫁时带来的花灯照明。花灯一般是四四方方的，用纸做的灯罩，里面有一个小小的油盘。盘子里的灯芯点燃后，冒出来的火苗就像盛开的樱花一样，周围的纸张都会染上一层淡淡的橙色，灯笼周围也会有淡淡的柔光。不过再好的灯笼，也比不上他在大野镇看到的这些煤油灯明亮。

再说了，玻璃在当时可真算不上多见，光是用玻璃来做灯罩，就甩普通的纸灯笼好几条街了。

大野镇因为这些煤油灯的亮光，在巳之助眼里已经变成了一座美丽的水晶宫殿。他现在已经不想回村子里去了，因为谁也不想在经历了光明之后，再次走进一片黑暗。

这次出行，他一共赚了十五枚铜币。他停好了人力车，漫无目的地游荡着，在汹涌的波涛声下打量这个海滨小镇，打量这些他从来没有看到过的店铺和那些明亮的煤油灯。所有的一切都令他着迷。

他看到了服装厂的主人，在一盏煤油灯下，向顾客展示着一块用山茶染色的布；在米铺，店员就着煤油灯光，从一摞一摞的小豆子中，把品质差的黄豆挑出来；他看到了某个家庭的女孩，在煤油灯的照耀下，将洁白的贝壳撒在地上玩耍；他看到了一家店铺里，一个人正拿着小小的珍珠，用线将它们串起来，制作成念珠。对于巳之助来说，这些在煤油灯的照耀下生活的人们，就像是住在童话仙境中一样。

虽然巳之助曾经听闻过"文明的时代已经来临"的说法，但今日他亲眼所见后，才知道文明的时代到底是什么样子。

巳之助一路前行，最后停在了一间悬挂着各种煤油灯的店铺前面。这家店铺的主业正是出售各种煤油灯。

捏着手里的十五个铜板，巳之助迟疑了好久，最终，他还是踏入了那间店铺。

他指向其中一盏煤油灯说："我想要这个。"当时他甚至还不知道"煤油灯"这个词。

店铺的伙计将巳之助挑选的那个煤油灯拿给他，不过灯的价格却远远超过了他手里捏着的十五个铜板。

"能不能降点价呢？"巳之助问道。

"概不讲价哦。"店员说。

"可以按照批发价格给我吗？"

巳之助时常在村子里的小店兜售自己编织的草鞋，因此清楚地了解到，在市场上，批发的价钱要比零售的价钱要低得多。例如，村子里的小商店是以一个半铜板一双的批发价格，将巳之助的葫芦形草鞋收下的，而小商店向那些拉人力车的车夫卖出的零售价格则是两个半铜板一双。

店主显然也没料到眼前这个素未谋面的小家伙会提出这样的要求，他惊讶地望着巳之助，然后说："你是想让我以批发的价格卖给你吗？可是除非你需要的多，不然我是不能拿批发价卖煤油灯给你的。"

"你的意思是，只要我是卖煤油灯的，你就可以按批发价格把它卖给我吗？"

"是这样的。"

"行啊，我就是做这个的，你就按照批发价格卖给我吧。"

那个灯铺的店主捧着煤油灯，哈哈笑着说道："你确定你是做煤油灯生意的吗？哈哈哈哈！"

"老板，我真的不是在开玩笑，我从现在开始就要做煤油灯生意了，还请您帮个忙，这一次我先用批发价买一盏，下次再来的时候，我保证批发很多盏去卖，就这样说好了。"

店主被巳之助刚刚的那番话弄得哭笑不得，不过也被他的诚恳感动到了。在询问了一番他的来历之后，店主将煤油灯交给他，说道：

"行，我就以批发价卖给你一盏。不过就是照批发价格来说，十五个铜板也太少喽，可是我很欣赏你做事的认真态度，就亏本卖给你吧。以后，你可得给我们多卖点煤油灯，多赚点钱啊！哈哈哈。"

巳之助在询问了店主如何使用煤油灯之后，便匆匆返回了村庄。一路上，他没有再打着纸做的灯笼，而是用这盏煤油灯来照明。因为手上这盏像花一样又好看又明亮的煤油灯，他在茂密的丛林或松林中穿行时，一点也不会感到恐惧了。

这一刻，他心中仿佛也有一盏灯亮了起来，那盏灯里有希望的火焰在熊熊燃烧。他要把这个世界上最明亮的灯带到村庄里，用来照亮那些被困在黑暗中的村民们。

一开始，由于村子里的人对一切新事物都抱着怀疑的态度，巳之助的新事业没有什么起色。

思来想去，他抱着煤油灯，走进了村子里仅有的那家小铺子，让老板娘用他的煤油来照亮小铺子，并告诉老板娘这是无偿供她在店里使用的。

经过一番苦口婆心地劝说，老板娘才终于同意了，并在天花板上钉了个铁钉，将那盏煤油灯吊了起来，准备晚上用它来照明。

五六日后，巳之助再一次带着草鞋来到村里的铺子。老板娘高兴地对他说，这个煤油灯实在是个好东西，真的很好用，夜里有人来这里购买商品，只要看到喜欢的东西，就可以直接拿到手，也再也不用担心找钱找错了。她还告诉巳之助，村里的人见那盏煤油灯效果很好，

便有三家提出要从他这里订一盏回家用。当时巳之助听到这个消息，激动得差点没一蹦三尺高。

带上预定煤油灯和卖草鞋的钱，巳之助径直朝大野镇赶去。他将这件事情跟店老板说了一遍，让店主先把暂时不够的钱记在账上，然后从店主那里带了三盏煤油灯回去，交给订购煤油灯的人。

于是，巳之助的煤油灯生意一天比一天红火了起来。

一开始，他都是在大野镇按照确定好的订购数量采购煤油灯的，后来手头宽裕，哪怕没有人订购，他也会尽可能地囤好煤油灯。

此时的巳之助，一心扑在煤油灯的销售上。他不再为人做杂务或照顾小孩了，而是自己制作了一辆带栏杆的手推车，栏杆像是晾衣架一样，上面吊着一盏盏煤油灯和灯罩。他推着车在自己的村庄及邻近村庄兜售煤油灯。他每次推动手推车的时候，玻璃灯罩互相碰撞会发出一种很好听的声音。

巳之助赚了很多钱，而且，他很享受这样交易的过程。每次看到那些昏暗的屋子里亮起从他那里买来的煤油灯，他都会有一种莫名的满足感，就好像他把文明的火光带去了一家又一家，把文明带到了一个又一个蛮荒之地。

巳之助如今已经是个青年了，之前他并没有自己的住所，而是寄宿在老村长家的仓库中。他现在挣到钱了，就自己建了房子，还通过媒人娶到了妻子。

一次，当他到附近的村子卖煤油灯的时候，他把村长跟他说的话转述给别人："用煤油灯的话，你把报纸铺在榻榻米上，就可以看到上面写了什么东西！"一名客人不敢相信地说："真的吗？"巳之助也不喜欢撒谎，于是他要来了几份老报纸，自己来到煤油灯下，借着灯光验证了起来。

村长说得很对，在煤油灯的光线下，报纸上的字能看得很清楚。巳之助嘟囔着说道："就算是为了谈买卖，我也是绝对不会撒谎的！"不过，就算这些文字在光线下再清晰可见，对于不认识文字的巳之助来说，也没有任何意义。

"有了煤油灯，我们才能更清楚地看到世界，但确切地说这不能算是文明开化，因为我们还不识字。"巳之助说道。

因此，从那时起，他就每晚到老村长家中，拜托村长来教导他读书识字。

经过一年的努力，他已经可以阅读了，甚至可以说，他已经不逊色于村子里那些刚从小学毕业的孩子。然后，他开始读书了。

时光飞逝，巳之助从青年步入中年，还有了一双儿女。他常常自夸，虽然不能说自己有多了不起，但自己也算在这个世界上自立了。一想起这一切，他心中就涌起一股喜悦与充实。

一天，他去大野镇买煤油灯的灯芯时，发现五六个人正在挖一个土洞，将一条长长的、粗壮的杆子，插入洞中。杆子上面有两根胳膊粗细的木头横着，横着的木头上还立着几个不倒翁一样的东西。他心里纳闷，为什么要把这么一个古怪的玩意儿放在路边？再向前几步，他又看到一根和刚才那杆子一样高的杆子，杆子上站着的麻雀正在吱吱乱叫。

在道路两旁，每隔大约五十米，便有这么一个古怪的杆子立在那。

巳之助想不明白，便向街边正在晾着乌冬面条的摊主询问。店主跟他说，很快就会有电力供应了，到时候就能用到电灯，似乎不用再点煤油灯照明了。

巳之助听得一头雾水，不明白"电力"是什么意思。这个东西听上去似乎可以用来取代煤油灯，所以应该也是用来照明的灯。就算它能照亮，那也应该是放在家里啊，为什么要把这么多杆子立在马路边上，这些杆子又是做什么用的呢？

一个多月后，巳之助再次来到大野镇，看到了之前路边立着的那杆子上面有黑色的线拉起来了。黑线在横木上的那些个瓷不倒翁的颈项上绕了一圈，再连接到下一根杆子上，如此往复，一根接着一根，黑线就这样一直往前延伸下去了。

如果仔细观察，就能看到每根杆子上都有两条黑色的线绕在杆子上的瓷不倒翁上，然后往旁边延伸出去，一直连到了街道两侧房屋的房檐下。

"哎呀，不是说电就是用来照明的吗？现在看来，这玩意儿好像一张网啊，这不就是给鸟儿准备的一个绝妙的栖息地点吗？"

巳之助一边在脑子里这样嘲笑着那个东西，一边来到了自己以前常去的一家甜酒店，只见餐厅中间的桌子上原来挂着的那盏巨大的煤油灯，此时已经靠在墙角了，一只造型奇特的灯悬在它原本的位置上。这只灯比起煤油灯要小很多，里面也没有任何燃料，被一根从天花板上垂下来的线吊着。

"这是什么情况啊，为什么要挂这么个古怪的玩意儿，是不是以前的煤油灯坏了？"巳之助问道。

"哦，这年头有了电灯，谁还用煤油灯啊！这电灯可是个好东西，不怕起火，又安全又明亮，还不需要打火，可是方便得不行！"甜酒店老板回答他。

"是啊，可是挂着这个奇怪的玩意儿也不好啊，那样别人就看不到这里有一家甜酒馆了，客人也就少了。"

甜酒店的老板想起这人是做煤油灯生意的，也就没再说什么电灯方便的话了。

"嘿，老板，你看看天花板，这盏煤油灯在上面待了好几年，上面的天花板都被熏黑了，这证明它在上面已经待了很长时间啦。只是因为电灯更省事，就把这盏煤油灯丢到墙角去，煤油灯是不是也太可怜啦！"

巳之助极力维护着煤油灯，拒绝接受电灯的方便和干净。

但是到了晚上，巳之助明明没有看到谁划火柴点燃煤油灯，甜酒店却突然一下子亮了起来，就像白天一样。巳之助大吃一惊，由于光线太过明亮，他还下意识地躲了一下。

"这就是电哦，巳之助！"

巳之助咬着牙，一句话也没说，只是盯着电灯看了许久，像是盯着仇人似的。他一直盯着电灯，直到他的双眼都隐隐作痛还不罢休。

"巳之助，你不要因为我的话而动怒，但煤油灯确实比不上电灯，如果你不相信的话，可以到大街上去看看！"

巳之助一言不发地拉开门，向马路上看了一眼。各家各户也都像甜酒店那样，灯光亮如白昼。灯光不但照亮了屋子，而且透过窗户，透过门缝，照射到了马路上。明亮的灯光，刺眼得让巳之助有些睁不开眼睛。虽然他心里很不情愿，感觉好像喘不过气一样，很不舒服，但他还是盯着电灯看了很久。

巳之助心里发苦，他想：这一次，煤油灯可是遇到了一个劲敌！曾经口口声声说要去传播文明，开化落后地区的巳之助，现在却想不明白电灯比煤油灯先进太多这个道理了。看来，即便是最精明的人，在自己的利益受到威胁的时候，也很难对事物做出准确的判断。

从那一天起，巳之助就一直心神不宁，他总担心有一天，自己的村庄也会供上电，到时候，所有村民都会和甜酒店老板一样，将煤油灯丢在角落里，或者丢到仓库的顶层上面去。到了那个时候，还用得着他这个卖煤油灯的小贩吗？

巳之助又仔细想想，觉得自己好不容易才让村民们用上了煤油灯，他们会不会因为害怕而拒绝使用电灯呢？最起码电灯不会那么容易被他们接受吧？这么一想，巳之助倒是暂时安心了。

不过很快，他就得到了一个消息，那就是村里面要开个全村大会，对村里通电的事进行决议。得知这件事情后，巳之助有种被敲了一记闷棍的感觉，劲敌似乎来袭了。

巳之助终于按捺不住的在村子里大肆宣传，拒绝使用电灯照明。

"要用电，得从山对面拉一条很长的线过来才行，一到了夜里，那些山里的狐狸等野兽就会沿着电线爬进村子里，破坏村子里的农作物。"

于是巳之助就在这种情况下撒了个弥天大谎，为了保住自己辛辛苦苦打拼出来的煤油灯事业，说出了许多诸如此类的胡言乱语，让他自己都有些惭愧。

在开完村委大会之后，巳之助听到村里即将为岩滑新田村供电的消息，觉得又被打了一闷棍。他心道：老是被打也不是办法，再这么下去，我的脑子早晚会出问题的。

是啊，他的脑子的确是出了点问题。自从村委会议结束后，巳之助已经盖着棉被在床上连续睡了三天了，越睡脑子也就越迷糊。

巳之助非常想将仇恨转移到一个人的头上，经过深思熟虑，他认为最讨厌的就是负责开村委会的村长。所以他想方设法地找借口来抱怨村长。再精明的人，在事业上的挫折面前，也很可能会丧失自己准确的判断力，对他人产生无端的不满。

这是一个和煦的月夜，油菜花刚刚露出一点花蕊，村子里充满了微弱的鼓点声，大家正在为春祭做准备。

巳之助并不是从主道上走的。他弓着身子，像一只鼹鼠一样穿过了沟渠，又像一只流浪狗一样在灌木林里穿行而过。在害怕被人察觉的情况下，人类的行为就会像动物一样偷偷摸摸的。

他在村长家里借住过很长时间，因此对村长家的一切都很熟悉。他从家里离开的时候甚至就已经想好了，最好的纵火地点就是那个盖着草皮的牛棚。

所有的人都在睡觉，牛棚中也是一片寂静。牛棚里的牛很平静，看不出它们是在睡觉，还是醒着的。但像牛这样的生物，无论是睡觉的时候还是清醒的时候，都是很安静的。哪怕是当着它们的面点火，他们也不会有任何的反应。

巳之助这次过来，并没有带火柴，而是带了比火柴更早出现的打火石。出门前，他去灶台上摸火柴，结果摸了好久都没有摸到，于是，他就把摸到的打火石顺手揣到了兜里。

巳之助准备点火了。火星四射，不知道是不是因为火绒受潮的原因，他翻来覆去都没有点火成功。巳之助心想，打火石一点也不好用，无论他如何用力，都无法点燃，而且，打火石还会发出噼噼啪啪的响声，这样砸下去，迟早会惊动熟睡的人们。

"切——"巳之助非常生气，暗暗嘀咕，"还不如带上火柴呢，这玩意儿实在是老掉牙了，在这种情况下一点用都没有！"

这话刚说出来，巳之助一下子顿住了，猛地醒悟过来。

"老掉牙了，一到关键时候就没用……一到关键时候就没用……"

一轮明月从云层里探出头来，照亮了整个夜空，巳之助心中的郁闷一扫而空，他心中豁然开朗。

巳之助恍然大悟，意识到自己犯了一个天大的错误——对于现代社会而言，煤油灯已经是一种落后的工具了，它被更加便捷的电灯所取代了。一个文明若是想要开化，就要不断地向前发展。巳之助，如果你还是我们这个国家的子民，那么你就该庆幸国家的进步啊！就因为担心自己的生意不能继续经营下去，所以就要做出妨碍社会发展的行为，就要对无辜的人充满仇恨，甚至还要去纵火。堂堂一个男子汉，怎么会做出这种羞耻的事情来？假设社会的发展要求人们把旧业都丢掉，那么男人就应当把旧业完全丢掉，另谋新业，造福大众，重新振作起来，开创新的致富门路！

巳之助马上回到了家中。

那么，他会怎么做呢？

他叫醒熟睡中的老婆，叫她将屋子里的每一盏煤油灯都装满煤油。

当他老婆询问他深更半夜要做什么时，他沉默了，因为他很清楚，他要是说出来，老婆一定会拦着他的。

屋子里有五十多盏大小不一的煤油灯，每一盏都装满了煤油。如同往常出门推销商品那样，巳之助将所有的煤油灯都装到了手推车上，自己推着手推车出了门。这一次，他把自己的火柴带上了。

他走到了西面的一座小山丘上，那里有一个巨大的池塘，名为"半田池"。现在是春季，所以池塘里的水很多，在月光的照耀下，池塘就像是一个闪闪发亮的银盘。河边的赤杨树和柳树都挺拔地站在那里，似乎在欣赏湖水。

巳之助故意选择了这里，因为来这里
的人很少很少。

他究竟想要做什么呢？

巳之助点燃了一盏盏煤油灯。他每点
燃一盏，就将其吊在河岸旁的大树上。大大
小小、各种各样的灯应有尽有。一棵树被挂满
了，他又换了另外一棵，一直到第三棵树，他才终
于成功地把所有煤油灯都点燃了。

在这样的一个无风之夜，一盏又一盏煤油灯静静
地燃烧，没有一丝声响。灯火通明，将这一片区域照得雪亮，
池塘里的鱼也跟着光游了过来，在水面上留下一道道浅浅的痕迹。

"那就以这种形式，向我的煤油灯事业说再见吧！"巳之助喃喃道。
但他没有走开，而是杵在那里紧紧地盯着那三棵被煤油灯挂满的树。

煤油灯啊，煤油灯，让我牵挂的煤油灯，跟了我那么多年的煤
油灯！

"我要以这种方式，结束我的煤油灯事业！"

然后巳之助走到了大池塘对面的道路上。那五十多盏煤油灯还在
熊熊燃烧着。五十个光点，在水里反射出光芒。巳之助呆呆地注视着
它们。

煤油灯啊，煤油灯，让我牵肠挂肚的煤油灯。

巳之助俯下身，将脚边的一块石头拾起来，对准那个最大的煤油灯使劲砸了过去。一道清脆的声音响起，最大的一点光芒熄灭了。

"今时不同往日，时代已经变了！"

巳之助一边说着，一边又拿起一颗石头，将第二亮的那点光芒也击碎了。

"社会变了，现在是电灯主导的时代了！"

当第三个光点被击得粉碎时，巳之助眼中满是泪水，双手都在发颤，连对准光点的动作都做不到了。

后来，巳之助不再经营煤油灯生意。他干起了新生意——在镇里办了个书店。

"巳之助虽然现在还在经营那家书店，但他年纪大了，就把生意交给他的儿子打理了。"

东一的爷爷一边说着，一边喝着凉了的茶。东一的爷爷就是那个巳之助。东一紧紧盯着爷爷的面孔，从趴着的姿势，变成了直挺挺地坐在爷爷的对面，好几次都把手放在了爷爷的腿上。

"那么，其余的四十七盏煤油灯呢？"东一问道。

"我也不清楚，也许是天亮后被人发现，然后就被带走了！"

"你的意思是，家里一盏煤油灯也没有了？"

"只有这一盏了！"爷爷说着，目光落在了白天东一找出来的那盏煤油灯上。

"这可真是损失惨重啊，四十七盏煤油灯全被人家拿走了！"东一说道。

"那次的损失确实很大。不过仔细想想，当时的做法确实有点偏激了，毕竟即便是岩滑新田村接上了电，这五十盏煤油灯依然是可以卖掉的。岩滑新田村以南，那个叫作深谷的小山村，至今都是用着煤油灯呢，其他山村也都是很迟才通上电。但当时我年纪轻，血气方刚地，什么都不管，就稀里糊涂地将煤油灯都给打碎了，丢掉了。"

"爷爷，你也太傻了吧！"东一面对自己的爷爷，丝毫不给面子。

"是挺傻的，但是小东你知道吗……"爷爷拿起了自己的烟袋杆，"我以前确实是挺傻的，但是我还是感觉，爷爷我和煤油灯事业的关系就此画上句号，也挺好的。爷爷的意思是，如果我以前做的那些生意，对国家的发展来说，已经没有任何用处了，那就应该抛弃它们。旧的东西早晚会被新的事物取代的，一直缅怀以前辉煌的事业，讨厌、抵制新的东西，这是没有上进心的表现。"

东一默不作声，他抬起头，看着爷爷的脸，爷爷的脸很瘦小，但却充满了活力。半晌，东一才说道："爷爷真是好样的！"

他转过身来，望着那盏破烂的煤油灯，仿佛在望着一位至交好友。

chapter 10

◆ 红 蜡 烛 ◆

一只小猴下山到村里玩耍，发现了一根红色的蜡烛。那只猴子从没看过红色的蜡烛，以为那一定是烟花。它像捡到宝贝一样，将那根红色的蜡烛小心地带回了山里。

这件事情在山里闹得沸沸扬扬。无论是小鹿、野猪、兔子、乌龟、黄鼠狼，还是狐狸什么的，谁也没有看过烟花。听到猴子捡到了一个烟花，所有人都迫不及待地赶去一看究竟。它们挤作一团，围着看那根红色的蜡烛。

猴子连忙大叫："小心！注意安全！别靠太近了，小心爆炸！"

众人听闻，吓得纷纷向后退去。猴子绘声绘色地给它们描述起来，烟花升到天上的声音会有多响亮，在空中盛开的时候会有多美丽。如此美丽而稀有的东西，大家都想看一下。

最后猴子说："既然如此！今晚我就去山上给大家放个烟花看看！"

大家听到这话，都高兴坏了。光是想一想那漫天的焰火像一颗颗流星一样，在天空中四散飞舞的场景，它们就兴奋不已！

好不容易等到了晚上，众人兴冲冲地登上了山顶。猴子早已将那根红色的蜡烛系在一棵树上，正在等待众人的到来呢。

不过，这个时候，谁也没考虑到的麻烦出现了——虽然大家都喜欢看烟花，但是没有人敢壮着胆子去点燃它。

这样拖下去就没意思了，所以他们决定用抓阄的方式来确定点火的人选。第一个被选中的，赫然是一只乌龟。

于是，乌龟大着胆子，缓缓地走向了那个"烟花"。这么说，它把火点起来了吗？事实是没有。它刚一靠近"烟花"，脖子就下意识地向后一缩，然后就再也没有伸出来了。

无奈之下，只能再抓一次阄。这次抽到的是一只小黄鼠狼。黄鼠狼的表现确实是要比乌龟好上一些，起码它没有将脑袋埋在脖子里面。但是黄鼠狼的视力很差，它在那里盯着烟花转了半天，也没能将火对到烟花的引线上。

最终，他们又选择了一头野猪。勇敢的野猪不负众望，终于点燃了"烟花"。所有人都惊恐地躲在草丛中，不仅捂住了自己的耳朵，还捂住了自己的双眼。

然而，等待着……等待着……

没有轰隆的一声炸响，也没有绚烂的烟花出现在天空，有的只是安静地燃烧着的红色小蜡烛。

chapter 11

◆ 蜗牛 ◆

一只新生的小蜗牛正趴在蜗牛妈妈的壳上。

小蜗牛很小，而且几乎是透明的。

"我的孩子哟，我的孩子，天亮了，该起床了！"蜗牛妈妈轻声叫着它。

"有没有下雨呀？"

"没有。"

"有没有吹大风呢？"

"没有。"

"真的吗？"

"千真万确！"

"那好吧！"

那只小蜗牛偷偷地把两个小小的眼珠露了出来。

"儿子，你是不是看到一个很大的东西啊？"蜗牛妈妈问。

"看到了，那个耀眼的东西是什么东西呀？"

"那是一片绿叶。"

"绿叶？它是不是活的呀？"

"虽然它是活的，但是你放心吧，它伤害不了你的。"

"哎呀！妈妈快看，在树叶的顶端有一颗闪闪发亮的珠子。"

"这叫朝露。是不是很美丽？"

"太美了！太美了！真圆啊！"

忽然，朝露从叶子的顶端滚落下来，滴在了地上。

"妈妈，朝露跑掉啦。"

"它是摔下去啦！"

"那么，它还会不会回到叶子上呢？"

"不会的。朝露一摔下去就会被砸个稀巴烂。"

"啊，真没意思。哎哟！那片白色的树叶怎么飞走了。"

"那是一只蝴蝶，可不是叶子。"

蝴蝶在树叶间翩翩起舞，很快就飞到天空上去了。

直到蝴蝶消失在视线里，小蜗牛才继续问道："我从树叶缝隙里能够看到的那个远远的东西，那是什么呀？"

"那是天空。"蜗牛妈妈回答。

"天空中都住了些什么人呀？"

"这个妈妈也不清楚诶。"

"在天空的那边又是什么呢？"

"这个妈妈也不知道！"

"哦！"

小蜗牛努力地把它的小眼睛睁大，凝视着遥远又神秘，甚至连它母亲也无法解释的美丽天空。

chapter 12

◆ 蜗牛的悲伤 ◆

一天，一只蜗牛突然意识到一个惊人的事实：我从来没有意识到，我背后的壳里似乎充满了忧愁。

它该拿这些忧愁怎么办才好呢？

于是，小蜗牛就到了它的蜗牛朋友那里。

它对它的朋友说："我快要无法生存下去了。"

蜗牛朋友问道："你遇到什么麻烦了吗？"

"我真倒霉啊！我背上的壳里全是忧愁。"小蜗牛难过地说。

可是，小蜗牛的这位友人却说："不但你有忧愁，我的背上也全都是忧愁啊。"

小蜗牛想："那就没有什么可说的了，我得到其他的蜗牛那里去找它们谈谈心。"

可是，别的蜗牛也说："不仅你有忧愁，我的背上也全是忧愁。"

所以那只小蜗牛只好去找下一个蜗牛朋友。

就像一开始那样，它挨个去看望它的朋友，可是，不管是哪只蜗牛，它们都说着同样的话语。

后来，它想通了："所以并不是只有我一个人会有这样那样的伤心事。我需要自己找到化解忧愁的办法。"

这样，小蜗牛又恢复了活力，不再整天唉声叹气的了。

chapter 13

◆ 两只青蛙 ◆

在田野中央，一只绿色的青蛙和一只黄色的青蛙碰面了。

绿色的青蛙说："啊，你真黄啊！满身都是黄色，一看就不干净！"

黄色的青蛙也说道："哎呀，瞧你全身绿油油的！你是不是觉得自己很漂亮?"

两只青蛙都是这样的口气，自然没有好结果，它们俩最终打了起来。

绿色的青蛙弹跳力超群，它一跃而起，一下子就落在了黄色的青蛙身上。

黄青蛙用它的后腿向绿青蛙扬起沙子，绿青蛙连忙把眼皮上沾的沙粒拍了下来。

就在这个时候，一股冷气迎面扑来。

这时，两只青蛙才想起来，冬季即将来临，它们应该要躲进土里过冬了。

"等来年春季，我们再在这里一较高下！"绿青蛙说完就赶紧钻进了地里。

"别忘记你说过的话！"黄青蛙说着也钻入了地底。

当严冬来临时，所有的青蛙都躲进了它们的地洞中。寒风凛冽，大地铺上了一层又硬又厚的冰层。

春季再次来临。

在地底下沉睡的那些青蛙，感觉到了泥土在逐渐回暖。

绿青蛙是第一个醒来的，当它从地下爬出来的时候，所有的青蛙都还在睡觉！

因此，绿色的青蛙朝着地下大声叫道："嗨，该醒来了！外面已经是春天啦！"

黄青蛙听到了绿青蛙的叫喊，嘴里说着"哇，春天又到啦！"就从地下爬了上去。

绿青蛙说："你还记不记得，我们去年说过的，春天要来一场决斗？"

黄青蛙对它说："你别着急，等我去把身上的泥洗一下。"

然后，两只青蛙蹦蹦跳跳地来到了池塘边上，想要洗干净自己身上的泥。

池子中装满了新喷出来的泉水，清澈得像是柠檬汽水。它们一头扎入水中，开始享受这山泉水的环绕。

当它们沐浴完后，绿青蛙冲黄青蛙眨着双眼说："哇，你这身黄色看上去蛮不错的啊！”

　　黄青蛙也回应道：“我今天瞧着你的绿皮肤也挺漂亮的！”

　　最后两只青蛙异口同声地说：“咱们别再打了，和平相处吧！”

　　看来，不论是人还是青蛙都一样，只要能好好睡上一觉，心情就能好转起来呢！

chapter 14

✦ 原野之春，山之春 ✦

原野上，春意已至。

小鸟在绽放的樱花间啼鸣。

可是，这座山还没有等到春天！山峰上依然覆盖着积雪。

小鹿一家居住在山里。

小鹿才一岁不到，根本就没有见过春季，哪里懂得春季是什么样子。

"爸爸，春天的时候会发生什么呢？"

"春天到了，就会有花儿盛开。"

"妈妈，花儿长什么样子呀？"

"花朵，可是一种很漂亮的东西！"

"是吗？"

可是小鹿从来没有看到过花朵，根本就不知道花朵长什么样子，更不懂春天是什么样子。

有一天，小鹿自己在山上跑来跑去，玩得不亦乐乎。

正在这个时候，"当——"的一声轻响，悠然地从远方传来。

"那是什么声音啊？"

随后小鹿又听到一道同样的声音，"当——"！

小鹿竖起了耳朵，侧耳倾听。没过多久，它就被这动静给吸引得一溜烟跑到了山下去了。

在这座山的下方，有一大片原野。漫山遍野的樱花开得正艳，一股淡淡的幽香扑鼻而来，让人神清气爽。

一位慈祥的老人正坐在一棵樱花树下。

老人见小鹿靠近，便摘下一朵樱花，插在了小鹿刚冒出一点点的犄角上。

"哈哈，给你一根簪子。趁着天色还早，赶紧回去吧！"

小鹿活蹦乱跳地跑回了山里。

回家后，小鹿向父母讲述了自己的经历，爸爸妈妈齐声回答："刚才那个'当——'的声响，是寺庙的钟声！"

"你的犄角上插着的就是一朵花！"

"所有的花朵同时绽放，散发出令人迷醉的香味，那就是春天来临时的景象！"

不久，山上也迎来了春天，百花盛开。

chapter 15

✦ 正坊和大黑 ✦

一

从前有一个马戏团在各个村庄巡回表演。这个马戏团规模不大，由十来个人、两匹马，还有一头老黑熊组成。除了要在舞台上演出之外，每当演出地点改变时，这两匹马还要披上红色的毛毯，来给马车拉行李。

一天，这个马戏团来到了一个村庄。他们分散开来张贴海报，在烟铺的木墙上、澡堂子的墙壁上都贴上了五颜六色的海报。村里的大人孩子都很开心，大家就像庆祝节日一样围聚在一起，津津有味地欣赏着那张充满了浓郁油墨香味的海报。

表演的帐篷小屋三天前就已经搭了起来。这天午后，观众中爆发出一片喝彩声。千代跳完舞，对着台下的观众们微微一笑，拉着水粉裙子的裙摆浅蹲致意后就走下了舞台。然后，就该大黑这头老黑熊上场了。驯熊的五郎穿着一件紫黑色天鹅绒上衣，搭配一双长靴，正挥舞着手中的皮鞭，向着笼子走去。

"大黑，出来吧，到你表演了，加油！"

五郎嘿嘿一笑，将笼子的金属大门拉开。但也不知道怎么回事，这一次大黑并没有第一时间起身。五郎弯下腰一瞧，顿时吓了一跳。大黑满头大汗，双目紧闭，正在瑟瑟发抖，牙关咯咯作响，还大口大口地喘着粗气。

"团长，不好了！我看大黑肚子好像有点不舒服。"

团长等人连忙跑了过去。五郎和团长掏出包在一片竹叶里的黑乎乎药丸，想要往大黑嘴里塞，可谁知大黑却死死咬紧牙关，都摇头晃脑地口吐白沫了，就是不愿意张口。片刻后，大黑的肚子突然剧烈地鼓动了几下，好似海浪一般。它四肢着地，在铁笼中像陀螺一样转了好几圈。又过了一会儿，它又摔在了草垛上，呼哧呼哧地喘息着，有气无力地眨眨眼。

看台上的观众都等急了，鼓掌催着他们快点开始下一个节目。没办法，团长只好让饰演小丑的佐吉先上场，来暂代一下大黑的班。

有人长长地叹息一声，说道："若是正坊在这里的话，大黑就会乖乖服下这药丸了。"

团长立即用嘶哑而又低沉的声音吩咐道："是啊，千代，赶紧去找正坊，把他接过来。"

千代快步走到一匹马前，连衣服都没来得及换，就翻身上马，顺着那条白色的小路狂奔而去，目标直指邻村。

二

正坊在登台演出的首日，不慎将自己的脚崴了，现在就躺在邻村的医院里面疗养。

一棵巨大的梧桐树伸展着翠绿的枝叶，将绿色的阴影从正坊病房的窗口投射到了室内。正坊穿着白色睡衣正躺在病床上，他出神地看着外面，幻想那棵又粗又长的梧桐树是大象腿。就在这个时候，一阵急促的马蹄声从窗外传来。没过多久，一阵脚步声从走廊传来。看见开门的竟然是千代，正坊开心地蹦了起来。

"姐姐，我真的没事了。我刚刚还在床上翻了个跟斗呢！"

千代对待正坊很好，就像对自己的亲弟弟一样。

"哎呀，好得这么快啊，太好啦！小正，大事不妙啦，大黑肚子难受，但无论什么人给它喂药，它都不愿意吃。大家这会儿都急得团团转。这不，我就急忙来找你了。"

"大黑得了什么病？那么，我必须马上回去了。我的病已经完全好了。"

他们俩得到了医院院长的许可，便结伴骑马赶回去了。

三

"大黑！我来啦，大黑！"

正坊把药放在左手掌心，用右手在大黑的鼻头上轻轻摩挲了一下。大黑的情绪较之前稳定了很多，但眼神依旧有些呆滞，一点精神都没有。它鼻尖上沾着的稻壳正随着它的呼吸而动。

正坊脑子里突然闪过一个念头，他开始哼哼唧唧地唱起了《勇敢的水兵》。

以前正坊和大黑每次上台表演时，这支欢乐的曲子便会响起。大黑听见正坊的歌声，耳朵轻轻颤抖了一下，随即猛地从地上蹿了起来。正坊连忙将手中的药丸放入大黑的嘴里，大黑一口就将药丸吞到了肚子里。

经此一役，正坊与大黑更亲近了，他们成了一对难舍难分的好友，同时也成了马戏团里最有人气的一对演员。

又有一回，马戏团去一个村子里演出时，与正坊和大黑一起登台表演滑稽戏的小丑佐吉竟然偷偷跑掉了，最后胖胖的团长不得已只能自己上阵。

"大黑，该我们上场了！"

正坊松开了铁笼，把大黑领出来，习惯性地揉了揉大黑的鼻尖，给它喂了一块它平常最爱吃的糕点。

台上，阿留爷爷拿着号角开始演奏《勇敢的水兵》。

嘀嗒嘀。嗒嗒嗒。

嘀嗒。嘀嗒。嘀嗒。

嘀嗒嘀。嗒嗒嗒。

嘀嗒。嘀嗒。嘀嗒嘀。

嘀嗒。嘀嗒。嘀。

伴着阿留爷爷的演奏声，正坊头戴一顶白羽帽，腰间别着一把金色的道具宝剑，打扮得像个武将一样，坐在大黑的后背上。大黑则听着号角的声音，精神抖擞地上了舞台。

"现在出现在你们眼前的，就是宝马大黑和不靠谱大将军！"

阿留老爷子说完，正坊就翻身从大黑的身上滚了下去，在众人面前露了个脸。台下的观众都笑了起来，纷纷鼓掌。

"本将军此刻就要动身去杀强盗!"

"啊"的一声,大黑的嘴巴猛地张开。正坊大将军坐在大黑身上,从怀中掏出一块饼干,给大黑喂了下去。大黑"嗷"的一声,将他的一条手臂,连带着饼干,全部吞了下去。正坊装模作样地眨了眨眼睛,像是被吓到了一样,又从大黑背上翻身滚落,惹来一阵哄笑。

很快,团长打扮成的盗贼的首领,手里拿着一把贴着铝箔的大刀上场了。不靠谱大将军看到这一幕,吓得浑身一颤,猛地扔掉了手中的宝剑,一把抱住了大黑的脖子。围观的小朋友们再次哄笑起来。

"看你哪里跑!"

盗贼头领一脸络腮胡,刻意板起面孔,恶狠狠地盯着正坊和大黑,一副蓄势待发的样子。大黑有些忐忑地望着队长的恐怖面孔。平日里,团长也常一脸严肃地训斥正坊,因此,大黑还以为团长和平日一样真的发怒了,要拿着一把竹刀去揍正坊。

"站住!"

团长再次挥舞着大刀走近,大黑突然咆哮一声,将正坊叼起来,转眼间就穿过人群,冲出了营帐。这一下把观众、团长还有阿留爷爷都吓了一大跳,正坊也大吃一惊。

大黑把正坊放在了室外的草地上,正坊急忙轻抚着它的头与背部,以安抚它的情绪,最后终于将它哄回了台上。正坊首先对在场的所有人表示了歉意,再对伪装成小偷的团长也表示了歉意。然而,观众们却很欣赏他的表现,甚至还爆发出了热烈的掌声,站在后台的团长也忍不住露出了一丝笑容。

四

这个小马戏团经常在各个村庄里巡回演出，但赚到的钱并不多，最多也就让大家能勉强维持温饱。

不久之后，马戏团的一匹马病死了。

"好可怜的马呀！"团长叹了口气。

阿留爷爷、千代、正坊还有五郎等人都围在一起哀悼着死去的马匹。

在这种情况下，马戏团勉强维持了一个多月。一天早上，正坊醒来后发现除了他，只有团长和千代还在，其余的马戏团成员全都逃走了。这样的话，巡回表演也就不能继续进行下去了。最后，团长不得不作出了让马戏团解散的决定。

大黑被装进了一个笼子，由一辆车拖着，卖给了城里的一家动物园。

至于另外一匹马，还有帐篷、桌椅等等，也全部转手卖出去了。团长将最后得来的钱全给了正坊和千代。

"团长，你现在身无分文，以后该如何是好啊？"正坊担心地问他。

团长惨然一笑，道："我一无所有地离家远行，现在也应该一无所有地回家去喽！"

团长则请求当地警方的帮忙，给正坊和千代安排在了一间纺织工厂工作。

五

大黑自从被送入城里，每天都是一副萎靡不振的样子，双目无神地看着天空。它那副消沉的模样，就好像在想：正坊和千代现在过得好不好呀？我多么希望能再次看到他们，我多么希望能再次听见那首《勇敢的水兵》啊！

铁笼前，每天都有身穿各种服装的小孩路过。大黑在铁笼里来来回回地向外看。要是正坊和千代也在那里面该多好啊！要是正坊穿着那身红白条纹的衣服出现在它面前，它立马就能认出来。

今天，就在它像做梦一样发呆的时候，一个耳熟的声音从他的上方传来："大黑！"

大黑缓缓抬起头，看向了声音传来的地方。

哦哦哦哦，哦哦哦！

哦哦哦哦！

哦哦哦哦，哦哦哦！

哦哦哦哦哦！

在它面前，正是哼唱着《勇敢的水兵》的正坊。大黑热血沸腾，突然直起身来，在铁笼中就像在马戏团里那样，随着节拍跳了一圈又一圈，最后将嘴巴从铁笼中探了出来，亲昵地望着正坊。尽管正坊并没有身穿那身红白条纹的服装，但是它仍然一眼就把他认出来了。大黑的嗓子像是被什么东西堵住了一样，"嗷嗷"叫了两声，听上去又悲伤又喜悦。

正坊满脸堆笑，把手里的饼干拿出来，喂到了大黑口中，还在大黑鼻头上一遍一遍地摸着。

千代站在正坊的背后静静地注视着这一幕，双目噙满了泪水。今天是他们上班后的头一个休息日，两人便一同来到这里看看自己的老友大黑。

chapter 16

◆ 竹笋 ◆

竹笋原本是埋藏在地下的，它们会在土里来回穿梭。

但是只要等到一场雨，这些竹笋就会你追我赶般从地下钻出来。

我们今天要说的，就是竹笋还没有从地下生长出来的时候的故事。

小竹笋老是想往远处走，竹子妈妈听得烦了，就严厉地责备小竹笋们说："不要往太远的地方去，如果你从杂草中钻出去的话，会被马蹄给踩到的！"

但不管妈妈如何跟它们发火或是再三叮嘱，仍有一只不听话的小竹笋宝宝不断地向外钻。

"你怎么这么不听话啊？"竹子妈妈不解地问它。

"我听到了那边有个轻柔悦耳的声音在召唤我。"小竹笋宝宝回答。

"我们没有听到！"其他小竹笋都齐声说。

"不过我确实听到了。那个声音好听得我都不知道该怎么形容了。"小竹笋一边回答一边往远处继续钻去。

然后，它一步一步地向远处钻去，最后，它把所有的竹笋都抛在了身后，把脑袋伸到了栅栏外。就在这个时候，有个人带着一支横笛经过，对它说："喂，你这个小竹笋是不是迷路啦？""不是的不是的，你的笛音很好听，我是听了你吹的曲子过来的。"小竹笋赶紧回答。等小竹笋成长起来之后，它就成了一支漂亮的横笛。

chapter 17

♦ 花木村和盗贼们 ♦

一

很久以前，有五个强盗来到了花木村。

这一日正值早夏时节，新长出来的翠竹，正向着天空奋力地伸展着它们柔弱的叶子；松寒蝉在树林里发出"知了知了"的声音。

强盗从北边顺流而下走到了这里。靠近花木村的入口了，他们看见一片绿油油的田野，到处都是野生的菠菜和苜蓿，还有小孩和牛在田野里嬉戏。从这里他们就已经看出来了，这绝对是一座安宁祥和的村庄。像这么大的一个村庄，里面肯定有不少财宝，强盗们都很开心。

河水在竹林中缓缓流动，一辆水车在竹林边转动，村庄里用的河水全靠它来运送。

走到竹林边上，强盗首领开口道："我先在这阴凉的地方等你们，大家先去村里打听一下。你们做强盗的时间还短，要多加注意，不要出了什么纰漏。如果遇到富裕的家庭，就要仔细查看，弄清楚哪个窗子方便弄坏，还有家里是不是养了狗。釜右卫门，你听懂了吗？"

"听懂了。"釜右卫门回答。就在昨天，他还是一个在大街小巷里跑来跑去的修锅匠，主要负责给大家修理铁锅、做做茶壶什么的。

"你听懂了吗，海老之丞？"

"听懂了。"海老之丞回答他。他直到昨天都还是一名锁匠，负责给人做仓库、箱子上用的锁。

"你听懂了吗，角兵卫？"

"我听懂了。"年轻的角兵卫应了一声。他本是个从越后来的舞狮演员。直到昨天，他还只是在别人家的大门前，靠做几个后空翻的动作赚钱，一次也就赚几个赏钱。

"你听懂了吗，刨太郎？"

"听懂了。"刨太郎回答道。他是江户一个木匠的儿子，就在昨天，他还在游览观摩各个寺庙和神社的大门，学着做木匠活儿呢！

"行了，快行动吧！大家看在我是老大的份上，让我在这儿抽上一袋烟等你们。"

就这样，这四个强盗的学徒——釜右卫门扮演成一个修锅工，海老之丞扮演成一个锁匠，角兵卫则扮演成一个舞狮演员，嘴里还吹奏着长笛，刨太郎扮演成一个木工，然后他们四个一块儿进到了花木村。

强盗老大等几个徒弟离开后，就在小河边的草丛里一屁股坐下，开始如之前所说的那样，自顾自地抽烟。他带着一脸恶狠狠的表情抽着烟。他可是个货真价实的强盗，早就已经干了无数坏事了。

"在一天之前，我还是一个孤家寡人。这还是我第一次当强盗老大呢，但当老大，似乎也挺好的。这些活儿都交给徒弟，我就在这儿等着就可以了。"强盗老大反正也没什么事做，索性就在那自言自语。

过了不久，他的徒弟釜右卫门就返回了。

"头儿，头儿！"

强盗老大猛地从蓟草花丛中一跃而起。

"你大呼小叫的干什么，把我都给吓着了。别在那一直喊头儿、头儿的，就跟喊鱼头一样。要喊老大。"

"对不起。"新来的小学徒连忙道歉。

"如何？村子里的情况怎么样？"强盗首领问道。

"好的。情况很好，老大。有，有！"

"有什么？"

"有一户有钱人，他家有一口能煮三斗米饭的大锅，价值不菲！而且，寺庙里挂着的那个大钟也很大，如果把它打碎了，可以做整整五十把茶壶呢！啥？您不相信我的话？绝对不会出错的，我的眼光从来没有差过。如果您认为我在夸大其词，那我就为您制作一份看看。"

"废话少说，"强盗首领对着他的徒弟破口大骂，"你这个臭小子，一定要改掉修锅匠的坏习惯。一个强盗，整天只盯着做饭的锅和一口钟像什么话？告诉我，你手里那个有个窟窿的铁锅是什么情况？"

"哦。这个啊。我……我路过一座房子的时候，在他们家门前罗汉松的树干上，发现了一只大铁锅。当我看见那个锅底破了个窟窿时，就忘了自己是盗贼，跟那家的女主人说：'只要你出二十文，我就替你把它修理好。'"

"哪有你这样的傻子。你还自己做起生意了。看来你对做强盗的事是一点都不上心啊。"

强盗首领拿出一副上位者的姿态，对着自己的徒弟又叮嘱了几句，然后吩咐他说："去吧，你再去一趟，把那个村庄里的情况给我摸清楚。"

釜右卫门带着那口破锅，摇摇晃晃地又走了进去。

一会儿的工夫，海老之丞也回来了。

"老大，这村庄不太行啊！"他筋疲力尽地说。

"为什么？"

"无论哪个库房，都没有一把好的锁，那几个破锁头，小孩都能掰开，完全就是个摆设罢了。如果是那样的话，那我们在这里也没法继续经营生意了。"

"我们的生意是什么？"

"当然是……锁……匠。"

"看来你也还是没有改变自己原本的习惯。"强盗首领愤怒地叫道。

"是的，对不起。"

"为什么不能在这里做生意？要是连一个小孩都能撬开锁，那我们撬锁不是更容易了吗？这才是我们做生意的最佳选择，笨蛋。你再给我回去好好查探一下情况。"

"我明白了，这种村庄最适合做生意了！"

海老之丞带着一丝钦佩，又重新向村里走去。

紧接着，少年角兵卫也从村子里走了出来。他一路吹着笛子走过来，虽然从竹林那边还没有看到人，却已经知道他回到了这里。

"你到底要吹多久？身为一个强盗，你最好不要弄出太大的动静。"强盗首领骂道。

角兵卫连忙停了下来，不再吹笛子。

"告诉我，你到底看到了些什么？"

"我顺着这条河，一路向前，看见了一间小屋，菖蒲花开满了小屋外面的院子。"

"哦，那又如何？"

"一位老人就站在那间小屋的屋檐下，他的头发、眉毛还有胡须，都是雪白的。"

"呃，难道那个老家伙在过道底下藏了一只装满了金币的坛子？"

"刚才那个老人正在吹竹笛。别看他的笛子一文不值，可是他吹得却很好听。这是我第一次听到如此动听的音乐。老人听到我的话笑了笑，然后为我吹奏了三支曲子。所以，我就一口气在他面前翻了七个跟斗来感谢他的曲子。"

"然后呢，然后又怎么样了？"

"我对老人说那支笛子是个好东西。那个老人就给我指了一个方向，说竹笛是他用那边的竹子做成的。然后，我就按照他所说的那个方向，找到了那片竹林。的确，那里有数百根长势良好的竹子，都很适合用来制作笛子。"

"我曾听人说，竹林中能够找到亮晶晶的黄金。那片竹林里有别人遗失的金币吗？"

"接着，我又顺着河边一直走下去，走到了一间尼姑庵。小庵堂的庭院中到处都是人，庵堂前面的花花草草，都被践踏得东倒西歪。在一座和我的竹笛一般高的佛像前，一堆人正恭敬地给它奉上香茗。我也给它敬了一杯香茗，然后自己喝了个痛快。如果有茶碗的话，我还可以帮老大也带一些回来。"

"喂，你这个强盗也太不专业了吧！这么多人当着你的面转悠，你都不看看他们的口袋和袖子吗！你再回去，给我好好查看一番。快将你的这支破笛子给我丢掉。"

角兵卫挨了一顿臭骂，连忙将手中的笛子丢入灌木丛中，又重新进入了村庄。

最后，刨太郎也回来了。

强盗首领没等他开口就先问了一句："你也没有带来任何有用的消息，对吗？"

"不对，我找到一个有钱人了，一个有钱人！"刨太郎激动地扯着嗓子喊道。一听到发现了个有钱人，强盗首领顿时眉开眼笑了。

"哦，有钱人？"

"有钱人，有钱人！他们家的宅子可大了。"

"哦？"

"你不知道，他们那间屋子的屋顶，是用一块巨大的萨摩杉木板做成的。如果我爸爸看到这块木头，一定会开心得蹦起来。天哪，我都快被它迷住了！"

"喂，这没什么用啊！那岂不是说，一个屋顶就能让你激动成这副样子？"

刨太郎仿佛终于想起了，他已经成了一个强盗的徒弟。身为一个强盗的学徒，这种话说出来就显得有些傻了。他不好意思地垂下了脑袋。

所以刨太郎也重新返回了村里，继续去打听消息。

"唉，真是看不下去这帮愚蠢的家伙了！"强盗首领一个人停在原地，然后一屁股坐在地上，叹了口气："没想到当强盗老大也是一件这么辛苦的事情！"

二

突然，有很多小孩说话的声音传了过来。

"抓贼呀！"

"抓贼呀！"

"快把他抓起来！"

尽管只是小孩的嗓音，可对于一个做强盗的人来说，听到这句话，强盗首领还是不由得一惊。他猛地一跃而起，不知道该立马冲到河里游过去，还是该躲在灌木丛里。

可是，那几个小家伙却只是拿着绳子还有玩具警棍在玩抓强盗的游戏罢了，没一会儿就全都跑到了远处。

"哎哟，这不是小孩子的游戏嘛！"强盗首领如释重负地说道。

"可就算要玩游戏，也不要玩这种抓强盗的游戏吧？这些小家伙，就喜欢做这种无聊的事情，真是让人为他们的未来担忧！"

强盗首领完全忘记了那是因为自己也是一名强盗，所以才有了这样的想法。他喃喃地说了一句，然后再次躺在了地上。

"大叔。"突然，有人喊了他一声。

他站起来回头一看，看到了一个大约七岁的可爱男孩，他的身边还跟着一头小牛。他五官清朗，双手双脚都很干净，一看就不是普通人家的子弟。说不定是谁家的公子哥，带着仆人到乡下玩耍，还恳请仆人带了一头小牛回来陪他一起玩呢！但很奇怪的是，他就好像一个长途旅行的旅行者一样，雪白的小脚上穿着一双小巧的草鞋。

"你帮我看一下这头牛。"那小男孩说了一句。

说完，递上了手中的红缰绳，还不等强盗首领有什么回应，他便飞快地跑过来。

强盗首领张大了嘴，还没有来得及说话，那个小孩就追着那些早

就走远的同伴而去。因为想要尽快追上朋友们，那个小孩连看都没回头看一眼，拔腿就跑。

强盗首领临时接管了小牛，喜不自禁，他笑嘻嘻地打量着这头小牛。

普通的小牛都活泼得不行，很难照看，但这头小牛却很听话，它用一双亮晶晶的大眼睛盯着强盗首领，没有丝毫的防备之心。

"嘿嘿嘿。"强盗老大忍不住发出了骄傲的笑声，高兴地合不拢嘴。

"现在，我可以在我的徒弟们面前放肆吹嘘了！我到时候就和他们说，瞧瞧你们那个傻样，你们在村子里乱转的时候，我都顺手把一头小牛给偷回来了！"

说到这里，他又坏笑了几声。他因为笑得太过激动，甚至已经流下了泪水。

"哎呀，怎么会这样啊！我刚才还在大笑，怎么现在开始哭了呢？"

可是，泪水却怎么也止不住。

"我的天，我的天，这是什么情况？为什么会有这么多眼泪，我怎么好像有一种在哭泣的感觉？"

没错，这位强盗老大是真的喜极而泣了。他一向被人瞧不起，遭人鄙视。他每次一露面，别人都会立刻拉上窗帘，仿佛看到了一个什

么怪物似的。他一开口说话，那些聊天聊得正起劲的人都会立刻转过头去，仿佛他们忽然想起自己还要办点什么事情一样，一句话也不说了。就连那些从湖里冒出来的鲤鱼，一看到他出现，也都会立刻悄无声息地钻进水里。曾经有一次，他将一个柿子送给了一只要猴人背后的猴子，可那家伙却是连一口都不肯咬，就将其丢在了地上。谁也不喜欢他，谁也不信任他，但那个穿着草鞋的小男孩却主动把小牛交给了他这个强盗。而且，这头小牛也那么乖巧，那么听话，不但没有嫌弃他，反而和他形影不离，就像把他当成了自己的母亲那样。孩子和小牛居然都对他如此信任，这还是他作为一个强盗，从来没有遇到过的事情。原来被人相信，是这样一件幸福的事情……

就这样，强盗首领的内心重新恢复了纯净——他小时候的心是那么的纯净，那么的美丽，但自从他开始接触世界以来，他的心就一直被污染着，再也没有过这样的快乐了——那种怪异的感受，就像一个人脱下了身上肮脏的衣服，然后重新换上了一身干净漂亮的衣服——也正是这种感受，才让强盗首领痛哭流涕、无法自已。

夜幕慢慢降临。松寒蝉不再鸣叫了，黄昏的雾气缓缓地从村庄里飘出来，笼罩了整个原野。远处，有几个男孩儿高呼着"今天到此为止啦""明天见"之类的话。由于太远，还夹着一些杂音，声音并不是很清晰。

强盗首领站在那里，心里暗自琢磨：那个小家伙应该马上就来了。我一定要向他当面表示感谢，再将小牛还回去。

然而，他一直等到孩子们的说话声完全消失，也没有等到那个穿着草鞋的小男孩。一轮明月从地平线上升起，把皎洁的光芒撒在村庄上，看上去就像是一面磨好的崭新镜子。树林中不时传来夜枭的叫声。

那头小牛应该是饿了，头向强盗首领凑过去。

"可是我也没有办法，我又没有牛奶。"强盗首领一边说，一边用手指轻轻摩挲着小牛身上的斑纹，眼中的泪水止不住地又流了下来。

而就在这个时候，他的四个徒弟又回来了。

三

"头儿，我们回来啦。天哪，这里怎么会有一头小牛？老大还真是神通广大啊，哈哈哈！在我们去村里摸清情况的这段时间里，老大就已经下手成功了！"釜右卫门看到了那头小牛，赞叹道。

强盗首领转了转身子，免得被人发现自己脸上还挂着泪痕，然后说："好吧，我本来还想在你们面前炫耀一下的，不过事实并非如此。其中另有隐情。"

"我的天哪，老大，难道……你在哭吗？"海老之丞问道。

"一哭起来，这泪水就不会停止了！"强盗首领用袖子抹了一把自己的泪水。

"老大，让我们一起欢呼吧！这一次，我们四人可是好好发挥了自己的本领，做了强盗该做的事。经过我们的仔细调查，釜右卫门总共在五户人家里发现了金茶壶；海老之丞仔细检查过五间仓库的门锁，只要一枚弯曲的铁钉他就可以轻易开锁；而我呢，作为一名木工，我只要用手里这把锯子，就可以轻松打开五间房子的后门；角兵卫只要穿上他跳狮子用的高齿木屐，就能不费吹灰之力跳进五户人家院子里。老大，我们兄弟能干吧！"刨太郎美滋滋地向他汇报情况。

可强盗首领却没有理会他，而是说道："有人让我帮忙照顾这头小牛，可那个人一直没有来找我，我有些着急了。抱歉，但是能不能请你们分头行动，去帮我找到那个将这头小牛交给我的孩子？"

"老大，你的意思是，我们要将这头小牛还回去？"釜右卫门一脸茫然。

"没错。"

"这样的事情是强盗应该干的吗？"

"这牛必须还回去，我有不得不这样做的理由。"

"老大，您给我打起精神来，像个强盗一样！"刨太郎叫道。

强盗首领一脸苦涩，将事情的来龙去脉说了一遍。几个徒弟一听，顿时感同身受。

因此，这几个强盗学徒就动身去找小孩了。

"我们要找的是一个七八岁的小男孩，穿着一双草鞋，长得很漂亮，对不对？"

四个徒弟将要找的人记在心里，然后分散开来，四处搜寻。强盗首领也是一脸的焦急，一边带着小牛，一边东张西望。

借着月色，依稀可以看见村庄中的野蔷薇和一朵朵洁白的水晶花。五个强盗和一头小牛的组合，就在这样的夜色下，出发去寻找小孩了。

强盗们心想，这小孩可能还不知道游戏结束了，还隐藏在什么地方吧！因此，在猫头鹰的叫声中，强盗们在佛堂走廊、柿子树上、仓库里还有甜美的柑橘树林里找了个遍，也问遍了每一个他们遇到的人。

但是，他们还是没有找到那个孩子。村子里的人也都点起了灯笼，想要认真看看这头小牛到底是谁家的，可是最后大家都表示没在附近见过这头小牛。

"老大，我们再这么找一夜也肯定找不到啊，要不我们就算了吧！"海老之丞累得瘫坐在路边的石墩上，无奈地说道。

"不，无论如何，我们都要找到那个小家伙，然后将小牛还回去。"强盗首领根本就没有理会海老之丞的话。

"我们已经没有其他办法了，去找村官是我们仅剩的方法了。老大，你真要过去吗？"釜右卫门问道。他口中的"村官"，指的就是村子里的治安管理员。

"好吧，那就只能这样了。"

强盗首领想了想，伸手揉了揉小牛的脑袋。过了一会儿，他说："那我们就去那里走一趟！"

说着，他就朝前面走去。几个徒弟大吃一惊，却也拿老大没什么办法，只能跟上。

几个强盗一路打听，最终来到了村官家里。一个老头儿出来了，他的鼻梁上架着一副几乎要掉下去的老花镜。强盗们都松了一口气，因为最起码在这个年迈的村官面前，他们一发现不妙，就可以拔腿开溜。

强盗首领向村官讲述了那个小孩的故事。

"我们没能找到那个男孩，现在实在是束手无策了！"他说。

村官上下打量了五个人一眼，说道："我从来没有在这里看见过你们，还不知道你们是什么来历呢？"

"我们以前在江户的西部讨生活。"

"难道你们都是强盗？"

"不是，怎么可能呢。我们都是一群在街道上本本分分讨生活的工匠，干点铁匠、木匠、锁匠之类的活。"强盗首领忐忑地解释着。

"是啊。我的天，太抱歉了！我说话有失体统，希望你们不要介意。你们绝对不是强盗，如果是强盗的话，为什么要把别人送上门的东西还给别人呢！换做任何一个强盗，被人委托照看东西，都会欣然接受，然后偷偷跑掉。呵呵，几位好心人特意把东西给我带过来，我却说出了这么莫名其妙的话来，实在是抱歉！不好意思，老头子我毕竟是个村官，见的事多了，对什么事情都很敏感，我一见到人，就会怀疑他是不是个骗子，或者是不是贼！还望你们不要放在心上。"老头一边连声抱歉，一边让仆人将那头小牛带到仓库里去休息。

"诸位长途跋涉，想必也有些疲倦了。恰巧，我收到村口客栈的太郎老爷送的一壶美酒。在你们来之前，我正坐在阳台上，喝着美酒，欣赏明月呢！你们来都来了，和我一块喝点酒怎么样！"说着，村官就乐呵呵地把五个强盗带到了阳台。

村官和五名强盗喝起酒来，推杯换盏、你来我往，仿佛是相交十年的好友一般，围着酒桌谈天说地。

这个时候，强盗首领的泪水又泛了出来。看到他这副模样，老村官忍不住露出了笑容，他说道："你这家伙，原来一喝点酒就会流泪啊！我和你刚好相反，只要有酒，我就会大笑，如果恰好有人哭了我就笑得更开心。还望你不要把老头子我的笑声放在心上！"

"我的天哪，一哭起来这泪水就停不住了！"强盗首领不住眨巴着眼睛，嘴里喃喃道。

随后，五人又感谢了那名村官，这才离去。

当他们走到一棵柿子树前时，强盗首领突然停了下来，似乎想到了什么。

"老大，你忘记什么东西了吗？"刨太郎疑惑地说道。

"是的，我忘记了。你们也跟我一块回去一趟。"强盗首领说了一句，便带着自己的徒弟又朝着那名村官的住处走去。

"老人家。"他对着那名老者直接跪下，双手按在地上，头深深低下。

"发生什么事了，脸色这么难看？难道你还想再表演一次一杯酒下肚就泪流满面的把戏吗？哈哈哈。"村官调笑道。

"我们本来是强盗。他们都是我的徒弟，我是头领。"

听到这个消息，老头的眼珠子都快掉出来了。

"哎，您一定很惊讶，因为我本来并不打算承认这一点的。不过，您对我们这么好，这么相信我们，我们怎么能继续骗您这样一个善良的老人家呢。"

强盗首领于是就把他过去所做的坏事一五一十地说了出来。最后他恳求村官："可是，他们都是我昨日才收的徒弟，并未做出任何伤天害理的事情。求求您大人有大量，原谅他们的一时糊涂吧。"

第二天早晨，修锅匠、锁匠、木匠和耍狮子的艺人离开了花木村，各自向远方进发了。他们一边低头赶路，一边思索着强盗首领的言行。这才是真正的领袖！正是由于他是一个很好的领袖，我们才必须牢记他对我们最后的教诲："永远别再做强盗了。"

角兵卫把笛子从小溪边的草丛里重新捡了起来，一边吹一边向远处走去。

四

五个强盗就这么洗心革面了，不过，一开始的小男孩究竟是什么人？整个花木村的人都在四处寻找这个从强盗手里救下整个村庄的小孩，但却没有找到。经过一番推测，人们得到了这样一个结论：那个孩子是一直居住在土桥尽头的那位地藏菩萨假扮的，他脚下的草鞋就是证明。为什么会这么说呢？因为村子里的人，经常会给地藏菩萨送草鞋。孩子出现的那天，村民们刚好给地藏菩萨换上新草鞋。

虽然地藏菩萨穿着草鞋行走这件事听起来很神奇，但我觉得世界上能发生这么神奇的事情也是挺好的。再说，事情已经过去那么多年了，现在再怎么说也没关系了，但是，如果真的有这种事情发生，那么一定是因为花木村的人都是好人，地藏菩萨不忍心他们遭难，所以才出手将他们从强盗手里解救下来。既然如此，那村子就该是好人生活的地方啊！

chapter 18

◆ 跟着气球飞舞的蝴蝶 ◆

　　一位老人正在街道的角落里卖气球。老人的这一堆气球里，有红色、蓝色、黄色，各种颜色夹杂在一起，五彩缤纷的。气球紧紧挨着彼此，面面相对，在风中微微晃动。

　　一只白蝴蝶每天都会飞来，与这些气球嬉戏，而且一玩就是一天。

　　白蝴蝶最喜欢和那只红色的气球一起玩。

　　某一天，一位阿姨背着小孩走过，拿出一分钱，将这个红色的气球给买了下来。

　　那只红气球说："再会了，小蝴蝶！"

　　但是，白蝴蝶说："不，我要和你一起走！"

　　然后，那只白蝴蝶就挥动翅膀跟着红气球飞走了。

　　阿姨带着小孩走过一条绿树成荫的小路，朝公园方向走去。她身后飘着的细线上就拴着红气球。在红气球后面飞舞着的，则是一只白色的蝴蝶。

阿姨一到公园里，就坐在一张长凳上开始哄小宝宝，嘴里唱起了摇篮曲：

我的好孩子要睡了，哦——哦——

我的好孩子要睡了，哦——哦——

只是那孩子还没有被哄睡着，阿姨自己就先睡过去了。

白蝴蝶担忧地问红气球："你将来要到哪里去？"

红气球回答说："我也不清楚。"

然后，睡着的阿姨无意识地把细线放开了，红气球就这样飞上了天。

白色的蝴蝶紧随其后，也飞向天空。

"我也不清楚我要去到哪里，你还是赶紧回去吧，小蝴蝶……"红气球道。

"不，我一定要和你在一起。"白蝴蝶说。

红气球升得越来越高，白蝴蝶也随着它飞得越来越高。向下看，这个城市越来越渺小，那些房屋就像一个个积木玩具似的。

"别跟在我后面了，小蝴蝶，听我的，因为我也不知道我会到哪里去。"红气球说。

然而，那只白蝴蝶并没有理会它，依然挥动翅膀在空中紧追不舍。

很快，红气球和白蝴蝶就消失得无影无踪了。

chapter 19

◆ 谁 的 影 子 ◆

小镇的中心是一片空地，空地正上方有一片圆形的阴影。两个小孩路过阴影区域。

"那是什么东西的影子呀？"其中一个小孩疑惑道。

"我也不清楚，这到底是什么东西的影子呀？"另一个孩子歪歪脑袋，也很困惑。然后两人就离开了。

"这是我的影子！"一只停在邮箱上的小麻雀说。

"哈哈哈！"邮箱发出一阵大笑，"那你就飞到天上去看看呗！"

麻雀腾空而起，而那道广场中央的影子却纹丝不动。

"瞧，"邮筒又说道，"你都飞到空中去了，但那道影子并没有移动，这证明那影子并不属于你！"

"如果不是我的，那它又属于谁呢？"

"那还用说吗，肯定是我的了！"邮箱笑着说。

听了这话，站在邮箱后面的街灯忽然放声大笑，说道："你的影子明明就在你后面，那个弯弯曲曲的影子就是你的！"

邮箱转过身，果然看见了一个扭曲的影子连在它后面，它的一张脸登时涨得通红。

"那个影子明明是我的！"街灯说。

就在此时，一阵大笑从空中响起，整个广场都听得清清楚楚。它们定睛一看，居然是一只气球停在半空。

"在街灯后面那个又细又长的身影，才是它的影子。"气球洋洋得意地说，"这个影子，是我的才对！"

是的，根据那个圆形的轮廓分析，它确实是气球的影子。那个圆形的气球影子确实格外美丽！

麻雀、邮筒和街灯一会儿望着气球，一会儿又望着气球的圆形影子，心里充满了艳羡。

可是，到了晚上太阳下山的时候，这个圆形的影子从广场上消失了。

到了这个时候，大家终于意识到，这些影子原来都是因为太阳才出现的。

chapter 20

◆ 郁金香 ◆

　　君子在放学回家的路上，正和她的朋友纪子展示自家种植的郁金香，"这郁金香是我家里种的，比从花店里购买的还要漂亮！"

　　"哇，真是太棒了！"纪子竖起耳朵听她说话，满脸羡慕。

　　"我用红蜡笔做了对比！我发现比起它，这红色的蜡笔看起来实在太黯淡了，而且很脏。"

　　"是吗？"

　　"我妈妈说，这花以前是用来做唇膏的！"

　　"这样啊！"

　　"纪子，如果你写生的时候画这花，我敢打赌，你一定能拿到一等奖！"

　　"没有啦，我没那么厉害啦。"

　　"我们的球根是昨天才种的，但还有两三颗没有种。等会我和妈妈说一声，把剩下的球根都送给你。"

"真的吗，我真的可以拿几颗吗？"

"可以啊，我妈妈一定会同意的。"

此时，她们已经走到了纪子的家门前。

"好的，我明早带去给你！"说罢，两人就分开，回到了各自的家中。回家后，君子把这件事情告诉了妈妈。妈妈说："那你明天把球根给纪子带去吧！"第二天早晨，君子就用一个原来装葡萄干的盒子装了两个球根，带着它去找纪子。

"纪子！"君子在栅栏外喊了一声。然而，纪子并没有回答，而是纪子的姐姐回答了一句："来了！"

什么情况？就在她百思不得其解的时候，纪子的姐姐从门口跑了出来，对她说："纪子今天发烧啦，不能去学校啦。"君子大吃一惊，连送郁金香球根的事都忘了，说了一句"这样啊"之后，就独自一人往学校走去了。

下课后，君子在山上的樱花树下种下了郁金香的球根。这样一来，等到春季开花后，纪子就能直接收到花朵了。

纪子的病情并没有好转，一星期又一星期，她一直没有来学校上课。严冬来了，圣诞来了，一月来了，然后春天也来了。高得几乎看不清顶端的山毛榉树也抽出了嫩绿的新叶，正在奋力地伸展着身躯，茁壮生长。

一天，当君子从学校回来，路过纪子家的房子时，她听见了一阵谈话声，于是就向院子里看。

庭院中，身着睡袍的纪子挽着姐姐的手臂蹒跚而行，她的妈妈则在门廊下注视着她们。

"姐姐，我们再往栅栏那边走一走吧！"纪子提议道。

"你身体行不行啊？"姐姐担忧地问道。不过，她为纪子能走这么远而感到高兴。姐姐牵着纪子的手，缓缓地走向栅栏，就好像带着一个刚学会走路的孩子一样。

"哎呀，姐姐，快看看，这夕阳真美！"纪子停下脚步，跟着姐姐一起抬头看天。

"嗯！好美啊！"姐姐赞叹道。从栅栏外向里窥视的君子，忽然看到姐姐眼中含着晶莹的泪水，一时之间，君子也有种想要哭泣的感觉。

再过十天的话，纪子应该就能来上学了……君子一路这样想着，回到了自己家。原本应该送给纪子的郁金香，已经躲在山樱桃树下悄悄地吐出了娇嫩的花蕾，含苞待放。

chapter 21

◆ 去 年 的 树 ◆

一棵树与一只鸟是亲密的伙伴。鸟儿天天都在树上为树木歌唱，树木也天天都在那里聆听鸟儿唱歌。

随着时间的流逝，严冬即将来临。鸟儿得离开大树，飞到远方去才能度过冬天。

因此大树对鸟儿说："小鸟儿，再见啦！等明年，你可要记得回来找我，继续为我唱歌呀！"

那只鸟说："嗯，你在这里等我，我明年再回来给你唱歌！"

说罢，鸟儿展翅向南而去。

春天再次来临。平原上还有树林里的积雪逐渐消融了。

那只鸟儿又回到了这里，来寻找自己的大树好朋友。

可是，发生了什么事呢？那棵大树已经消失不见了，地面上只剩下一个树桩。

这只鸟很是担心，于是就向那个树桩问道："原来一直在这里的那棵树呢？"

树桩答道："伐木工们用斧头把它劈倒了，然后拖进了峡谷。"

听完，鸟儿就向峡谷中飞去。

峡谷中有一座巨大的工厂，锯木头的"吱——吱——"声不断从工厂里传出来。

那只鸟停在工厂门上，向大门问道："亲爱的门先生，你知不知道我的好朋友，那棵大树在什么地方？"

大门答道："那棵大树啊，工人们把它做成了一截一截的小木棍，然后制作成火柴，卖到了那边的村子里。"

听它说完，这只鸟就往村庄那边飞过去。

一个小姑娘正坐在一盏油灯下。

然后，鸟儿对她询问道："小姑娘，我能不能向你打听一下，我要去哪里找火柴？"

小姑娘答道："火柴啊，已经用光啦！但是，这个亮着的灯，就是用火柴点亮的！"

那只鸟凝视着灯火，看了片刻。

然后，它对着灯火唱起了去年

唱过的那首歌。

　　灯火在歌声中微微晃动，似乎是在表达发自内心的喜悦。

　　鸟儿把歌唱完，又看了片刻灯光，然后便展翅而去。

chapter 22

◆ 音乐钟 ◆

二月里的一天，一个十二三岁的小男孩跟着一位三十四五岁的男人正走在一条荒凉的道路上，男人的肩上挎着一只公文包。

天气很好，也很暖和，大路上都是霜花融化的湿痕。

旁边草地上有几只正在嬉戏的乌鸦，被他们投在草丛上的影子吓了一跳，便纷纷从草丛中窜了出来，飞向了大坝的对面。它们黝黑的背部把明亮的阳光折射出来，像一道黑色闪电。

"小朋友，你这是要一个人到哪儿去？"男人主动打破寂静。

少年的双手本来是放在兜里的，听见男人的话，他双手来回摆弄了几下，嘴角露出一丝温和的微笑，说道："我准备去城里！"

男人感觉这是一个天真无邪，没有半点羞涩，也不怕生的少年，所以才会开口和他搭话。

"这位小朋友，怎么称呼你呢？"

"我的名字是阿廉。"

"阿怜，我猜猜，是不是怜平？"

"不对。"少年摇了摇头。

"那是不是联一？"

"也不是哦，大叔。我的名字里只有一个'廉'。"

"是这样啊！'廉'是什么意思？是不是'连接'的那个'连'？"

"不是不是。这个字的写法是一点一横一撇，然后是两点……"

"这个字也太难了！这么困难的字，我可听不懂。"

然后少年就拿起一截小木棍，在地面上把"廉"字写了下来。

"哎，这个字写起来可真不容易啊。"

两人继续前行。

"叔叔，这个字是'清廉洁白'的'廉'。"

"什么？什么叫'清廉洁白'？"

"'清廉洁白'，指的就是为人正直，没有干过什么伤天害理的事情。这样，无论是上帝出现在面前，还是被警察当面逮捕，都能坦然直视，无所畏惧。"

"噢，所以根本不怕被警察抓到？"

说到这里，男子忍不住笑了出来。

"大叔，您的外套兜怎么这么大啊！"

"是啊，我们大人的外套就很大，所以口袋也很大啊。"

"暖不暖和呀？"

"我兜里吗？嗯，很温暖，温暖得就像是揣了个小小的火炉子。"

"我可以将手伸到你的兜里吗？"

"孩子，你说什么怪话呢？"

男人哈哈大笑。可就是有这么一种家伙，总是喜欢和别人亲近，一旦和别人混熟了一点，他就喜欢在那个人的身上摸一摸，或者在人家的衣兜里摸一摸。

"要不，你把手放进去试试？"

听到这话，少年伸手就往男人的衣兜里摸。

"什么啊，一点都不暖和啊！"

"呵呵，是吗？"

"我们老师的衣兜可比你的要温暖多了。当我们早晨到达学校时，大家都会将自己的双手轮流放进山木老师的衣兜中取暖。"

"是吗？"

"大叔，你兜里那个又硬又冷的东西是什么呀？"

"要不你猜猜看是什么呢？"

"好像是用金属打造的……这么大……我好像摸到了开关一样的东西！"

忽然，一阵悦耳的音乐声从男子的衣兜中传出，把他们俩吓了一跳。男人忙不迭去捂自己的衣兜，然而音乐并没有因为这样停止。男人连忙左右看了看，见除了那名少年之外，再无旁人后，这才放下心来。像天国里的鸟儿歌唱般悦耳的音乐声依旧响着。

"我明白了，大叔，这肯定是个音乐钟吧！"

"是的，这就是个音乐钟。你把开关按了一下，就会有歌声响起来。"

"这首曲子是我最爱听的。"

"哦，你听过这首曲子？"

"是啊。大叔，您能不能把它从衣兜中掏出来，让我看一眼？"

"为什么要拿出来呀，这样也能听到啊。"

此时，歌曲已经停了。

"大叔，能不能让我再听一遍？"

"好吧，应该也不会有别人听见。"

"大叔，您怎么老是看来看去的？"

"我担心被别人听到呀，会让人感觉很奇怪的吧！我都这么大个人了，还玩这么幼稚的东西。"

"有道理。"

这时，男人的衣兜里再次响起了歌声。

两个人就这么静静地走在路上，耳边环绕着悠扬的歌声。

"大叔，您走路的时候都随身带着这个吗？"

"是的，你也感觉很奇怪对吗？"

"的确很奇怪诶。"

"哪里奇怪啦？"

"我以前老去一家药店玩，老板那里也有音乐钟，但那可是他的宝贝，他直接将音乐钟放在了药店的橱柜里。"

"哎哟，小朋友，你是不是经常去药店那里玩？"

"对，我可没少去那里。那家药店是我家亲戚开的，大叔你也知道它吗？"

"呃……我就只是听说过一点。"

"那个药店的大叔，对音乐钟可是非常珍惜的，他从来不让我们这些小孩子摸它……能不能让我再听一遍？"

"你还听起劲了！"

"这是最后一遍了。大叔，求你，求求你啦。哎哟，它又要唱歌了！"

"你这坏小子，明明是你打开的，还好意思说，真是个小滑头！"

"我没有。我只是用手摸了摸，它就自己发出声音了。"

"行了，不要再演戏了。你是不是经常光顾那家药店？"

"是啊，那家店就在我家附近，我经常过去玩。我和那位卖药的大叔关系还不错呢。"

"是吗？"

"不过，我很难在药店老板那里听到音乐钟响起来。每当歌声响起的时候，店主看上去都很落寞的样子。"

"这是怎么回事呢？"

"那位大叔说，不知为什么，每次听见音乐钟的歌声，他都会想到周作。"

"什么……谁？"

"周作是药店老板的孩子。你知道吗？他是个坏孩子，一毕业就消失得无影无踪了。听说已经过去很长时间了。"

"那位药店老板，有对他的孩子……就是那个周作，说过什么吗？"

"当然说过啦，他说他的孩子很蠢！"

"我知道了！是这样的，这样的人一定是个傻子。诶？怎么又停了？小家伙，你可以再重新打开一次。"

"可以吗？……多么美妙的歌声呀！我妹妹秋子也很喜欢音乐钟，她临终前还一直缠着我，想要再听一遍音乐钟的声音，我就去了那家药店，找药店老板，将音乐钟借回了家。"

"……你妹妹去世了？"

"是啊，两年前还没熬到过节就去世了。她的坟墓就在树林中爷爷的坟墓旁。我父亲找来一大块圆形的石头，竖在了秋子的墓地前。她还只是个小孩呢！到了我妹妹的忌日那天，我就会从药店借来音乐钟，然后到树林中为秋子播放音乐。当它在树林中响起的时候，它的声音是那么清晰，那么令人心旷神怡，就像秋风一样。"

"哦……"

两人一路前行，最后来到了一处大池塘前。在池塘对面，还能看见三三两两的黑鸟在水上漂来漂去。见此情景，少年从男人的衣兜中抽出手来，一边鼓掌一边唱歌：

"水鸟，水鸟，

快来吃团子，

赶紧潜入水中。"

听到他的歌声，男人说道："我还以为现在已经没人会唱这首童谣了呢！"

"是啊，大叔你也唱过吗？"

"叔叔我年轻的时候，经常唱这首歌，来和水鸟玩耍呢。"

"大叔年轻的时候，是不是也常路过这条路？"

"是啊，当时我还在镇上念中学呢。"

"大叔，您什么时候才能再来？"

"呃……我也不清楚。"

他们来到了一个分岔口。

"这位小朋友，你要去哪里？"

"这边。"

"既然如此，我们后会有期！"

"大叔后会有期！"

少年重新把双手揣回自己的兜里，独自一人迈着轻快的步伐，就走向了他所说的方向。

"等等……小朋友。"

那个男人的声音在他身后响起。少年一下子停住脚步，转过身来，看到那个男人正冲着他挥舞着手臂，他连忙快步跑回去。

"孩子……请稍等一下。"

当他走到男人面前的时候，男人的脸上浮现出了一丝尴尬的神色。

"孩子，其实是这样的。叔叔我昨夜在药店借宿了一晚上。不过，我今早因为走得匆忙，不小心把我的东西和音乐钟弄错了，结果把药店的音乐钟带出来了。"

"……"

"抱歉，小朋友，我一不小心弄错了，音乐钟还有这个小玩意儿（男人从大衣里面掏出来一个怀表）都被我不小心带出来了，求你帮我一个忙，帮我把它们原物归还给药店老板，好吗？"

"嗯！"

少年伸出双手，将音乐钟和怀表都接了起来。

"请你一定要将这些东西交还给药店老板！告辞！"

"大叔再见！"

"这位小朋友，怎么称呼来着？"

"'清廉洁白'的'廉'。"

"好吧，我明白了，小家伙，你是清廉……什么来着？"

"洁白哦！"

"是的，洁白，一定要洁白才对！你以后也要做个清廉洁白、洁身自好的人。好了，该说再见了！"

"大叔再见！"

少年拿着东西，看着男人离开，男人的背影渐渐变得模糊，很快就没入了草垛中。少年也就往前继续走。不过一路上，他都在琢磨，其中貌似有什么蹊跷之处。

没过多久，一辆白色的自行车从后面追了上来。

"咦，药店大叔。"

"哎哟，阿廉，你怎么在这里呀！"

一位中年男子从自行车上跨了下来，他围着
的围巾，刚好把他的嘴遮住了。下车后，他
剧烈地咳嗽了一会儿，一句话也说不出
来。他的咳嗽声听上去就好像冬夜
里吹过干枯木头的微风，簌簌
作响。

"阿廉，你是不是从村里过来的？"

"嗯。"

"你可曾见过一个男人从村子里出来，他是不是来了这边？"

"他刚刚就在我身边！"

"啊，等一下，那个表，你为什么会有那个……"

他看着那个少年手中的音乐钟还有怀表愣住了。

"他说，这是他从你那里不小心拿走的，让我交还给你！"

"他让你把东西还回来？"

"嗯。"

"原来如此！他真是个笨蛋！"

"什么？大叔，他是什么人？"

"他呀，"老人说到这里，忍不住深深地叹了一口气，"他就是我家那个周作。"

"什么？大叔你是认真的吗？"

"我和他已经有十多年没有见面了，昨天他突然回家。我知道他过去做了很多伤天害理的事情，但是他说要在镇上好好找点活干，我就让他在我那里住了一夜。结果他的老毛病又犯了，趁我不注意的时候，偷偷带着

我的音乐钟和怀表就溜走了。他真是个坏种！"

"大叔，不过，他说他只是没注意然后无意中拿错的，并没有真的想要自己拿走！他还告诉我说，一定要为人正直呢！"

"哦？他真是这么说的吗？"

少年将那块怀表和音乐钟交到了他的手上。当他把表拿过来时，他那微微发颤的双手恰好碰到了音乐钟的开关，那首悦耳的歌又从音乐钟里传了出来。

一老一小，还有那辆自行车的身影，在空旷而宁静的旷野中，拉出三道长影，悠扬动听的歌声就这样环绕着他们，老人热泪盈眶。

少年看了看老人，又看了看远处的那一片干草垛。

一片纯白色的云朵，从草原的边缘飘了过来。

chapter 23

◆ 铁匠的儿子 ◆

这个小镇坐落在山坡上，距离海岸很远，也从来没有跟上时代前进的步伐。

小镇上的街道很窄，无论何时，都是一片黑暗和肮脏；两边的房子挤得很近，屋顶上的灰尘和昏暗的光线互相交织。大多数居民对此都毫无所觉，甚至连看都懒得看一眼那太阳。

新次从小生活在一个铁匠家庭中，父亲是一个醉醺醺的酒鬼，在他很小的时候，他的母亲就去世了，他虽然有个年长的哥哥，但哥哥的智力却有缺陷，年纪已经不小了，但是穿的衣服还是像个孩子，还整天和周围的孩子在一起打闹。哥哥的本名叫作马右卫门，但别人从来不叫他的本名，而是管他叫"马"。

"马，你乖吗？"

"乖。"

"那你打算当什么？"

"我要成为一名将军。"

每次看到自己的兄长在被其他孩子取笑，却还一本正经地回答问题时，新次都会感到很难过。哥哥的衣服总是很脏，这是由于他老是被孩子们骗到水沟里去。新次每次都要来替他洗衣服。

"哥哥！"新次喊了一声。尽管知道这样叫，马右卫门是不会回应的（马右卫门只是在有人称呼他为"马"时，才会有回应），新次仍然经常这样称呼他。面对毫无回应的傻哥哥，新次是真的希望自己能有这样一个哥哥，在听到"哥哥"时能够回应自己！

新次去年从小学毕业后，就已经开始帮助他的父亲工作了，除此之外，他还要做家庭主妇应该做的事情。他在干活的时候，心里老是在琢磨着这个家庭里的阴郁和痛苦。

每次当他结束了家里的工作，躺在冰凉的被窝里的时候，他总会这么想——

如果母亲还在该多好啊；如果马右卫门再聪明些，可以帮父亲拿起那把大锤子该多好啊；如果老爸能不喝酒，那该多好啊……

但他随即又将这些念头抛到了脑后，自顾自地笑了起来："要是能随意做到这些，岂不是人人都能快乐起来了？"

父亲变成了一个不折不扣的酒鬼。甚至在干活的过程中，他也会站起来，跌跌撞撞地跑出去。过了几分钟，他又走回来的时候，老是脸色苍白，目光呆滞。他的脸因为喝酒越来越青，眼神也越来越模糊——这是他喝酒喝出来的毛病。哪怕是在别人的丧事上，他也会肆无忌惮地喝酒，喝醉后还会对着那些哀伤的人胡言乱语。渐渐地，再也没有人敢请他去喝酒了。父亲已经将近六十岁了，但身材还很魁梧。每当他喝多了的时候，他便一头栽倒，然后沉沉睡去，甚至没有半点呼噜声，安静得如同一具尸体，醒来后就是呜呜咽咽地哭个不停。每次出现这样的情况，新次的情绪都会变得更悲伤、更失落。

新次上学时，学校里的年轻教师曾到他家中拜访，也劝说父亲饮酒有害身体，让他不可再饮酒。

但是他说："酒是一种很厉害的药物。虽然它味道很不好，尝起来很苦，我也很想戒掉，可是就是戒不了。"说着，他就哈哈大笑了起来。

马右卫门突然回家来了，他拿出一条用来制作栏杆的粗大钢条，二话没说就往火堆上一捅。正在独自工作的新次有些诧异，但并没有在意。马右卫门拿着那根被烧红的铁棒，便开始砸了起来。每一次抡起大锤，都能看到他被太阳烤得发黑的脖颈处，一块块肌肉在那里跳动着。新次惊喜地看着哥哥，浑身上下都充满了喜悦，像是使劲儿把湿毛巾拧干一样的快乐。马右卫门的力量可真大啊！干得漂亮！好强大的力量！

"你要做什么？"

马右卫门满脸向往地说道："我要做大刀。"

"大刀？你要把它做成一把大刀？"

新次心中不禁有些失落。他觉得自己好像得到了一枚果实，但最终发现它只是一枚空心的果实。他心里一度有种暴打对方一顿的冲动，不过在愣愣地看了看马右卫门的肌肉后，又打消了这个念头。

为了给小镇铺设一条电车道路，很多朝鲜人都来到了小镇上，铁匠们的工作量也增加了不少，这也让新次家多了一线生机。

父亲和新次都在努力工作，但父亲还是喜欢喝酒。

"爸，你别喝那么多酒了，喝酒对你的健康和工作都有很大的害处！"新次对自己的父亲说道。

"没错，酒是有害，味道又苦，可是我就是戒不了。你小子可千万不能喝酒啊！"爸爸说道。

一天晚上，新次从睡梦中惊醒，他张开眼睛，看见马右卫门正坐在一座满是烟熏痕迹的神龛下喝酒。他忍不住浑身一颤，有一种抓到贼的感觉。在一片诡异的寂静中，马右卫门的喉结上下滚动着。他的左手上还握着一只酒瓶，里面装着今天晚上父亲由于身体不适而未喝完的那些酒。

"马卫！"

躺在新次身边的父亲，突然抬头怒喝了一声。

马右卫门扭过头，满面通红，那张嘴依然还没合拢。

父亲的双肩剧烈地颤抖着，他大口大口喘着粗气。新次忽然感觉父亲的样子很恐怖。父亲的目光直勾勾地看着蠢蠢的马右卫门，双手上的青筋都冒了起来，身子不断地发抖。

"马卫，你也开始喝酒了？"父亲摇摇晃晃地站起身，向马右卫门走去。

"你这混账！"父亲大喝一声，在马右卫门笑嘻嘻的脸上打了一巴掌。马右卫的笑顿时戛然而止。父亲痛苦地喘息着。

他又要打马右卫门。新次奋力向前，阻止了父亲。

"爸爸，马卫只是太傻了，您怎么能对他动手呢？"

父亲低着头，哆哆嗦嗦地说道："对，对啊，马卫就是个笨蛋！"说着，父亲又钻进了自己的被窝，把自己裹在了被子里。经过这一番折腾，剩下的酒也洒了出来。马右卫门也爬上床，开始呼呼大睡了。新次快速整理了一下自己的衣服，然后上床睡觉，可是他却怎么也睡不着了。

"新次！"父亲低低地说了一声。

"嗯！"

"我不会再喝酒了。"父亲的声音

从被窝里传出来。

父亲从此果然不再喝酒了。可是，父亲之后却因为某种原因，一直躺在床上，再也没有起来过。

于是，新次只能一个人拿锤子在那里敲打了。父亲变得更加消瘦了，但是，由于他之前经常喝酒，经常冒犯别人，他的朋友也不多，因此，从来没有人来看过他。

新次每一次抡起锤子的时候，都在想，父亲会不会就这样死了？要是父亲真的没了，那我该如何是好？马右卫门还是个蠢货——

新次拿来一瓶酒，靠着父亲的枕头坐下，喊了一声："爸爸！"

父亲沉重地摇晃着他的脑袋，说："嗯！"

"我买了酒回来，您要不喝点吧！"

"酒？新次，你怎么会买酒回来啊？"

父亲的声音很虚弱，虽然这话是在教训新次，但是他的眼睛里已经有了泪光。

"爸爸，你尽管喝吧！"

新次偷偷地从父亲的床前走开，走进作坊，趴在黑色的圆柱上，号啕大哭。

这个小镇坐落在山坡上，距离海岸很远，也从来都没有跟上时代前进的步伐。

chapter 24

◆ 丢失的一枚铜钱 ◆

麻雀发现了一枚铜钱，高兴坏了。

它去找它的朋友们炫耀："我有钱咯！"

说完，它从口中吐出那枚铜钱，放到了沙地上向朋友们展示。

此时，夕阳西下，天色渐黑。

"啊，今天玩得过头了！得赶紧回家才行。"

说完，它便将那一枚铜钱又衔了起来，然后迅速地向着它居住的水车小屋的方向飞去。

可是由于它过于惊慌，当它刚刚越过田野，快要到达小屋时，它不小心把那枚铜钱给弄丢了。

"完了，我的铜钱呀。"

可是四周一片漆黑，它的目光也不如白天敏锐了。

"等天亮了，我再来找！"

　　然后，它就飞回了它在水车小屋下的鸟巢。

　　但是那天晚上小麻雀受了凉，感冒了。

　　这也是理所应当的，毕竟那一夜的雪下得很大。

　　这只小麻雀，自从感冒了之后就一直缩在自己的窝里，但它心中却还惦记着自己掉落的那枚铜钱。

　　不久之后，它恢复了健康，便开始寻找那枚遗失的铜钱。

　　可原野上仍有很厚的积雪。

　　"我的铜钱啊，你被埋在了这片雪地里吗？"小麻雀站在雪上对着积雪问道。

　　然后一个声音从雪地里传了出来：

　　"没有没有，这里没有铜钱。"

　　小麻雀就换了个地方，重新问了一遍："我的铜钱啊，你被埋在了这片雪地里吗？"

　　一个声音又从雪地里传出来：

　　"没有没有，这里没有铜钱。"

　　小麻雀到处问啊问。

　　终于在一个地方，雪下传来了不一样的声音："我就在这里，我就在这里。等冰雪消融你就能看到我了！"

　　积雪消融的时候，小麻雀飞到了那个地点，最终发现了自己的铜钱。

　　它环顾四周，发现田野上到处都是蜂斗叶。

　　这么看来，肯定是它们发现了铜钱的下落，然后告诉麻雀的！

chapter 25

◆ 树 的 庆 典 ◆

树上盛开着漂亮的白色花朵。那棵树很开心，因为花让自己变得十分美丽。但却没有哪怕一个人来恭维它一下！大树有些失望。

怎么就没有人过来夸奖一下这棵树呢?

这是由于这棵树孤独地矗立在田野中，几乎没有人到那里去。

一阵微风徐徐而来，悄无声息地抚摸着这棵树，轻轻地将那缕花香送走。风儿带着花香飘过了河流，飘过了田野，飘向了万丈悬崖。终于，它们飘进了一片土豆地，里面有很多蝴蝶在飞舞。

"哇!"一只落在土豆叶片上的小蝴蝶嗅到了花香味，它嗅了嗅，高兴地叫道，"真香啊! 哎呀，这个香味太令我沉醉了!"

"肯定是哪儿开了花!"落在另一片叶子上的蝴蝶轻声地说，"一定是田野中间的那棵巨树开花了。"

紧接着，土豆地上的蝴蝶们都嗅到了那股清新的花香，纷纷发出

"哎呀哎呀"的惊叹声。

没有什么比花香更能吸引蝴蝶了。当闻到那甘甜迷人的香味时，它们怎么能不心动呢！于是，蝴蝶们就结伴向这棵大树飞去，并计划在这里为这棵树举办一场隆重而又热烈的庆祝活动。

在最前面引路的是一只有着漂亮羽翼的大蝴蝶。蝴蝶们沿着花香传来的地方，有序地飞行。白色的蝴蝶、黄色的蝴蝶、枯叶蝶、蚬蝶，还有各种其他种类的蝴蝶，一起飞过了悬崖，飞过了田野，最后掠过弯弯曲曲的溪流。

有一只蚬蝶长得很小，由于没有强大的翅膀，飞行了一段时间后，它就得在河边歇一歇。它在一片水草上停了下来，然后，在水草的另一端，看到了一只没见过的小虫子正在呼呼大睡。

蚬蝶疑惑道："你到底是什么呀？"

"我是一只萤火虫！"它迷迷糊糊地睁开双眼，盯着蚬蝶说道。

"我们要在田野中心的那棵大树下举办一场盛大的宴会，到时候你也一起去怎么样！"蚬蝶冲着萤火虫挤了挤眼睛，十分殷勤地邀请它。

萤火虫有点受宠若惊："可是，可是我是一只黑夜里的虫子，没有人会喜欢我的。"

蚬蝶笑嘻嘻地说："不会的，才不会呢！"经过它一番苦口婆心地劝说，这只小萤火虫最终点了点头，跟着它一起向那棵大树飞去。

一场盛大的仪式，就这样在这棵大树下盛大开场了！一只只蝴蝶围绕着大树翩翩起舞，就像冬天里飘舞的一片片雪花，它们在空中跳

跃、飞行，尽显优美的身姿，累了就合拢双翅，降落在白色的花朵上，享受着甜美的花蜜。然而快乐总是不长久，很快天就黑了。

　　大家都有些意犹未尽，有些遗憾地叹气说："要是能多玩一会儿就好了！不过，天都要黑了呀。"正在此时，萤火虫灵机一动，回到河边叫来了很多很多朋友。现在每朵花上都有一只小小的萤火虫正在发光，从远处看，就像树上悬挂着许多明亮的小灯笼。于是，这些小蝴蝶再次在树上翩翩起舞，这场庆典一直持续到了深夜。

chapter 26

◆ 喜欢孩子的神仙 ◆

有一位仙人非常喜爱小孩。他大多数时间都待在树林中唱歌或者吹笛子，还会同树林中的动物嬉戏。但偶尔，他也会到人们居住的村落中，去找他最喜爱的小孩子玩。

可是，这位仙人从来没有直接出现在这些小孩的眼前过，他们根本不认识他。

一个冬日的清晨，大雪纷飞，地面很快就堆起了厚厚的一层积雪，孩子们在一片雪白的世界里玩得不亦乐乎。一个小孩建议说："我想到个新的玩法，咱们可以在雪地上印上自己的面孔。"

其他的小朋友一听也觉得很有意思，也纷纷低头将自己的脸蛋压在雪上，等他们直起身来一看，那一张张胖胖的小脸蛋，在积雪覆盖的地面上一字排开。

有个孩子就数了起来："一、二、三、四……"

"什么情况？足足有十四张脸。可是我们一共才十三个人，为什么会出现十四个人的脸呀？"

原来是那位平日里不露面的仙人偷偷出现在了这些小孩的面前，并且跟着他们一起，在雪上印下了自己的脸。

爱捉弄人的小朋友们互相看了看，使了个眼色就明白了彼此的想法：让我们去找找这位仙人到底藏在哪里。

"我们来玩战争游戏怎么样？"

"可以，可以。"

因此，最健壮的那个男孩成了将军，其余的十二个男孩则是他的士兵。将军让士兵们站成一列然后下令："立正！报数！"

"一！"

"二！"

"三！"

"四！"

"五！"

"六！"

"七！"

"八！"

"九！"

"十！"

"十一！"

"十二!"

十二名士兵纷纷报上了数字。这时，第十二个士兵之后虽然没有人，却突然也传来了一个声音："十三!"那声音听起来，就如同两颗翡翠碰撞一般的清亮。

一听见这句话，孩子们马上异口同声地叫道："在那里! 在那里! 赶紧抓住仙人!"说完，他们就围住了第十二个小孩身边的那个位置。

那仙人大吃一惊。这几个孩子的调皮捣蛋程度出乎他的意料，若是被他们抓到了，还不知道要被怎么戏弄呢! 于是，他急急忙忙地从一个高大的孩子两腿之间溜了出去，向树林中逃去，结果因为跑得太着急了，不小心丢了一只鞋。

孩子们把那只残留有仙人体温的红鞋子从雪中捡了起来。

"原来，仙人竟然穿的是这样小的鞋子!"一群孩子哈哈大笑。

从那时起，仙人就很少走出树林了。不过，由于他还是很喜爱小孩，所以每当有小孩进树林玩耍时，他总会发出"喂喂"的声音。

图书在版编目（CIP）数据

新美南吉童话集 / (日) 新美南吉著；王薇译. 一
南昌：百花洲文艺出版社，2024.5
　　ISBN 978-7-5500-5484-4

　　Ⅰ.①新… Ⅱ.①新… ②王… Ⅲ.①童话－作品集
－日本－现代 Ⅳ.①I313.88

中国国家版本馆CIP数据核字(2024)第057228号

XINMEINANJI TONGHUAJI
新美南吉童话集

[日] 新美南吉　著　　　　王薇　译

出 版 人　陈　波
出 品 方　师鲁贝尔
责任编辑　黄文尹　雷芯玥
装帧设计　师鲁贝尔
制　　作　师鲁贝尔
出版发行　百花洲文艺出版社
社　　址　南昌市红谷滩区世贸路898号博能中心Ⅰ期A座20楼
邮　　编　330038
经　　销　全国新华书店
印　　刷　唐山楠萍印务有限公司
开　　本　880 mm×1 230 mm　1/16　　印张　11
版　　次　2024年5月第1版
印　　次　2024年5月第1次印刷
字　　数　110千字
书　　号　ISBN 978-7-5500-5484-4
定　　价　59.00元

赣版权登字　05-2024-88

邮购联系　0791-86895108
网　　址　http://www.bhzwy.com
图书若有印装错误，影响阅读，可与承印厂联系调换。